印象桑植

邱琳芸 著

上海文艺出版社
Shanghai Literature & Art Publishing House

图书在版编目（CIP）数据

印象桑植 / 邱琳芸著. -- 上海：上海文艺出版社，
2024. -- (忻州书香 / 梁生智主编). -- ISBN 978-7
-5321-9112-3

Ⅰ. I267

中国国家版本馆 CIP 数据核字第 2024FF5846 号

发 行 人：毕　胜
策 划 人：杨　婷
责任编辑：李　平　韩静雯
封面设计：悟阅文化
图文制作：悟阅文化

书　　名：印象桑植
作　　者：邱琳芸
出　　版：上海世纪出版集团　上海文艺出版社
地　　址：上海市闵行区号景路 159 弄 A 座 2 楼
发　　行：上海文艺出版社发行中心发行
　　　　　上海市闵行区号景路 159 弄 A 座 2 楼 206 室　201101　www.ewen.co
印　　刷：成都市兴雅致印务有限责任公司
开　　本：880×1230　1/32
印　　张：95
字　　数：2280 千
印　　次：2025 年 7 月第 1 版　2025 年 7 月第 1 次印刷
ＩＳＢＮ：978-7-5321-9112-3/I.7164
定　　价：398.00 元（全 10 册）

告读者：如发现本书有质量问题请与印刷厂质量科联系　T：028-83181689

多少次回眸，
无不是印象桑植的慕乡人。
多少次忆起，
无不是在兹念兹的故乡吟。
情到深处自然浓，
身处此间情更切。
陪伴的光阴里，唯有桑植，
才是最长情的告白。
文字的书页里，唯有琳芸，
才是最隽永的风华。

——中央电视台《星光大道》
桑植籍年度总冠军

序

青春的短笛　精彩的序曲

纪红建

　　收到湖南省第十六期中青年作家研讨班学员邱德帅的邀约，我很惊喜，也很欣慰。惊喜的是文学的种子在老区桑植开始萌芽，有了新的生生不息的传承。欣慰的是，在贺龙元帅故乡这块红色的热土地上，文学的火焰经久不衰、常盛常青。

　　我曾不只一次抵达桑植这片充满了红色记忆、民歌元素、生态绿意的高岭山城。那些蜿蜒的奔涌河流，顺着连绵的崇山峻岭，一路凯歌而行注入洞庭湖。那些壮硕的参天古树，深藏幽远的八大公山，名动中华跻身国家级自然保护区。那些抑扬顿挫恰如百灵鸟的空谷足音，更是桑植民歌非遗项目的底蕴，从前车马慢，一曲动人心。

　　我曾不只一次书写桑植这个生长故事、生长民歌、生长绿色的湘鄂边城。那些远古至今的人类足迹、革命史诗、悠扬民歌，总能让人抚今追昔、忆苦思甜，展喉吟唱。那些流淌在岁月长河旦的古代冶炼遗址，湘鄂川黔、湘鄂西革命根据地的烽烟滚滚，斗篷山、天平山的直入苍穹绿意无边，自古荆楚地，几代土司王。

我曾不止一次走进桑植这里的山村学校，欣赏白族仗鼓舞、九子鞭、游神等自云南迁徙而来的古俗古韵，观摩土家族的摆手舞、山歌调、澧水号子等当地口耳相传的文化余脉。这些青春的学子，让那些远古的记忆和传承历久弥新。让我看到了桑植这座既古老又现代的山城、边城的岁月和青春。

邱琳芸，这个风华正茂的学子，在父辈文学的影响下传承着笔力。翻开其即将出版发行的散文集《印象桑植》，文风可见其父亲的带动力、影响力和传承力，仿佛从字里行间就能读到一个父亲对女儿的谆谆教诲。那手把手的专注，那句与句的衔接，无处不展现着父亲的行云流水，无处不渗透着女儿的深得真传。遣词造句的最高境界，是文学传承的古往今来。

我多年来专注于报告文学的采访和书写，足迹踏遍了中国的许多地方。报告文学考验着眼力、脑力、笔力、脚力。奔走的每一天，观摩着、记录着、书写着，当一件事、一句话、一个人，通过讲述、通过溯源、通过文学，成为影响者、被影响者，由此产生的文学也就有了感染力、传播力和阅读力。文学的生命在于挖掘，在于传承，在于广为人知。在我对报告文学的执着路上，这些是最大的原动力和推动力。

当我翻阅邱琳芸的这些散文篇章，也能够深切地感觉到她的这份来自父辈的文学传承。从乡间小学到进城转学，从呼朋引伴到闭门读书。这些生活的点点滴滴，都是文学的源泉，都是笔力的积累。她有一个追寻文学的父亲，也有一双专注文学的慧眼，小小年纪就能拥有一部散文集面世，已然超越了多数同龄人。

文学的路是宽阔的，也是漫长的。祝贺邱琳芸，这个青春年少的追梦者，这个桑植县作家协会的签约小作家。青春的短笛，精彩的序曲。期待邱琳芸的文学之路，既如山河远阔，又能自然抵达。

（纪红建，湖南望城人，中国作家协会会员，第七届鲁迅文学奖获得者。现任中国报告文学学会副会长、湖南省报告文学学会常务副会长、毛泽东文学院管理处副主任、长沙市作家协会主席。著有诗集《忠诚》《诗歌生长的地方》，散文集《皇城背后看北京》，长篇报告文学《乡村国是》《哑巴红军传奇》，纪实文学作品集《古都北京警卫风云》《中国御林军》《中国明朝抗倭纪实》《中央警备团警卫纪实》等。）

且歌且颂皆文章

陈 颉

　　桑植是个盛产诗歌文章的地方。这里土生土长的文人墨客历览前贤诗与书，纵情山林歌且颂，把这方山水神韵以独有的第一视角，用不舍笔墨的文字厚重地记录下来。但凡提及桑植作家队伍，总有一种气势如虹的战斗力，一种百花齐放的凝聚力，一种承上启下的接续力。这也是桑植县作家协会出台签约小作家培养计划的原动力。

　　湖南四大水系之一的澧水，源于桑植的国家级自然保护区八大公山。条条绿水出桑植，渺渺烟波入洞庭。以秀闻名三湘大地的澧水之源，仿如桑植的文学写作队伍，是一股凝练的清泉，不染尘埃，不留杂质，不弃涓流，而终成江河，终入湖海。

　　这些年，桑植县作家协会按照县委、县政府的战略发展部署，在县文联的鼎力支持下，围绕"讲桑植故事、唱桑植民歌、品桑植白茶、传桑植文化"的主旋律，以定期采风挖掘文学素材，定期组稿出版《澧水文学》，定期座谈文学创作思路等形式，主动参与融入各类文化振兴项目和事业中，推动桑植县文学创作队伍激情高涨、热情似火、创作丰收。

江山代有才人出，各领风骚数百年。桑植的文学积韵，从古籍县志中可管窥一二。古诗古韵，咏山咏水。前人的诗稿文章，随着岁月的变迁载入沧海桑田，成为一脉传承的桑植文学往事。而继往开来的，是新时代的桑植作家方阵，传承着文学的传承，守护着文学的守护。且歌且颂皆文章，有了一代接一代的文学心、文学梦、文学情。

不胜枚举的桑植文学方阵骨干著作等身，既有加入中国作家协会的"国字号"，亦有加入省作家协会的"省字号"，市县作家协会的桑植籍作家更是山海绵延。读书会、研讨会、采风会，让桑植作家队伍更加紧密地融合在一起，成就了一支不容忽视的文学桑植军团。

文学桑植军团是有热度的。但凡有文学的动态，莫不是齐转载共鼓舞，众人拾柴火焰高。但凡有文学的采风，莫不是齐上阵共参与，美诗美韵美文章。当春季版、秋季版的桑植县作家协会文学刊物《澧水文学》油墨飘香时，众多桑植文学追光者就会捧读这些文友的互动式、观察式、记录式的精美文章。

《澧水文学》收录的这些文章覆盖了桑植作家队伍的精锐力量，展现了签约小作家的传承力量，凝聚了桑植文学圈老中青三代骨干精英的守护力量。文学的力量是无穷的，桑植文学的力量更是往事越千年的不老诗篇。

我看到桑植县作家协会签约小作家邱琳芸拟出版发行的散文集《印象桑植》，仿佛就看到桑植文学的生命力。《父亲的远行》用回顾的笔触，重温父亲那些跋涉前行；

《芙蓉镇观瀑》用童真的视野，追寻峡谷那些浪奔浪流；《条条绿水出桑植》用空灵的感悟，观摩澧水那些源远流长。这是一株正在吸吮文学养分的树苗，在和煦阳光的哺育下茁壮成长。相信在这么好的文学环境里，这棵根正苗红茁壮生长的树苗，有朝一日一定能成长为一棵参天大树。

是为序！

（陈颉，中国作家协会会员、张家界市作家协会副主席、桑植县作家协会主席。在省级及以上文学专业刊物发表文学作品500多篇（首）；作品先后入选《中国年度最佳诗歌》《中国年度诗歌排行榜》等30多种诗歌重要选本及中小学课外阅读选本；出版《最是澧水》《两年间》《澧水，澧水》《天平山植物志》等诗集。诗集《澧水，澧水》获第四届中国当代诗歌奖优秀诗集奖，并入围第十一届全国少数民族文学"骏马奖"。曾获全国首届"刘半农诗歌奖"，全国首届汨罗江文学奖诗歌奖，第六届中国"红高粱诗歌奖"提名奖等。"中国新诗百年"百位最具活力诗人，张家界市第六批拔尖人才，张家界市本土文艺人才专家库首批专家。）

乡土乡韵的青春写照

黄真龙

  乡土文学影响着一代又一代创作者。邱琳芸和她的散文集《印象桑植》就是乡土文学的坚守与传承。《印象桑植》共第12辑48篇，全景式展示了作者在桑植成长中的所见所闻所感，以恢宏之视角，精微之雕琢，将绿水青山、乡村振兴、时代变迁细腻刻画出来，主题突出、笔调轻灵、情感浓郁，锻造了一个洋溢着幸福、昂扬着精神、释放着活力的桑植画卷，散发着时代的青春光亮。

  山水舞者。《印象桑植》大篇幅地以乡风人文为题材，深情的笔触中，作者的幸福感熔铸在每一处悦动的文字里。在《澧源如此多娇》中，作者直抒胸臆，堆叠出"澧水""高楼"构建的意象群，相互辏辏在一起，最终以一句"风景这边挺好，澧源如此多娇"收束全文。桑植县作为全国第二大白族聚居区，作者专用一辑道出"白族人家"对美好生活的心声，谱写了民族融合的多彩篇章。"让舞者在戏里、在九子鞭里、在仗鼓舞里勾勒着白族看客的缕缕思乡情"，是白族乡民的文化绚烂和山河柔美。经典式结尾"桃花开了，你说桃熟的那一天还会远吗?"，无不透露出对美好生活的期望。第十一辑"人生走读"小序"冬春的一丘丘油菜田，夏秋的一丘丘优质稻，土家人的农耕记忆，就似田间地头的土家号子，还在民歌寨日复一日地演绎着"，是传统乡土文学最显著的表达。除了对山水人文历史的凝视，作者对当下生活的描写亦是浓重，跳跃着时代的火花。"舌尖滋味"这一辑似小品文，用可口的文字勾勒出东旺坪的米、妖气洞的茶、上河溪的菜籽油、梯市的莓茶的鲜活画面。在《一曲民歌唱新景》中，作者记述了桑植民歌省级非遗传承人谷彩花演绎出的"民歌唱出好景来，民族团结一家亲"的故事。最后一辑，作者依然不惜笔墨铭刻脚下的土地，《茶香春水流》"在茶香四溢的水流村，茶农们用勤劳的双手，谱写着乡村振兴最美丽的风景线"。作者如同一位舞者，在桑植山水间纵情，这种幸福感来源于自然山水的清冽，来自历史纵横的厚重，来自新时代美好生活的热烈与新鲜。

时代歌者。作者站在熟悉的"八山半水一分田，还有半分是庄园"的土地上，为轰轰烈烈的乡村振兴深情歌唱。诚如著名社会学家费孝通所言："我们民族的历史是从土里面长出来的。"乡土是一个重要的文学母题。作者通过乡土的表达，关照着人民群众，关照着历史创造者。《印象桑植》首篇《澧源听涛潮头立》用"扛重担、动真情、谋良策、阔步行"总括了新时代建设者们的奋进姿态。纵观全书，既有对特征鲜明的乡村振兴领军人的记述，也有奋斗者群像的建构。《"家"在自生桥》讲述了驻村第一书记带领群众发展产业的故事;《绿水青山带笑颜》用"平菇菌棒满村爱"诠释了驻村工作队和村民们心心相连；《东旺坪的禾田梦》讲述了对"两委"勤力同心，让"优质稻米终于'一米成名天下挖'了"的故事。在第三辑"桥自弯颂"中，讲述桥自弯"一群家国为大的'停留者'"的故事，道出了对"南鲵湾"的歌颂、"油菜花"的热爱、"八月瓜"的深情，并由物及人，反思自我，提出"为人本该如此，既能入世，又能走心"的见解，文章愈发深刻。诚如作者写道："每一个披星戴月，每一个昼夜晨昏，写满了这群奋斗者的为民情怀和朴实作风，在产业振兴助推乡村全面振兴的崭新实践中，谱写出数不胜数的青春之歌。"在第七辑"实干兴邦"中，作者直接用"四记"解剖乡村振兴带头人引领群众实现振兴的实践探索。在时代浪潮里，奋斗者顺应历史之势，在前赴后继的接续努力中，在桑植这方群山环绕的世界里尽情书写，如一粒粒种子，培育出乡村全面振兴的参天大树。

生活行者。作为中学生，作者个性化的特征除却笔调的轻灵，还在于处处可见的青少年对于追逐梦想的感触。那种青涩与青春的文字，是《印象桑植》在语言风格上的最大特征。作者的阅历和青春底色，注定其文字的活力与情感的喷涌。《芙蓉镇观瀑》《春归六耳口》以游记形式，真实再现了作者对新奇事物的探索，所见所闻都让作者深刻难忘，最终成为她成长的丰厚养料，滋养着青春。在传统端午节，作者创作了《粽香五道水》，"加入腊肉丁……入口香汁，可甜可咸，余味悠然"。欢快、细致的文字，仿若作者袒露着自己的双眸，给读者可窥其心的可能。在第八辑"心中有景"中，作者呈现了灵魂的坦率和细腻的情感,如《印象南滩》,"人生很多哲理皆是悟出来的。悟了,必有所得"。在《心中有景皆山水》中,作者深情介绍了作者父亲其人其文,真实展示了父亲的成长和工作经历,无不透露出对父亲优秀品质的情感认同。第九辑"蓦然回首"顺着上一辑的思绪与情感,继续深入陈情。《寂寞沙洲冷》"苍生一盏清杯冷,可叹何人轻离别"以悲景道深情。《刘家坪的红军树》追忆了红色历史,留下了作者"未来每一天当如此刻,那棵红军树下的朝朝暮暮,一定会游人如织,恋人满满"的慨叹。作者情感在此辑逐渐深邃,《笔架山的莓茶》"只有那种经历过颠沛流离的迁客,才最能够感同身受";《赵家坪的茶油》"要生态,不就是要'绿色银行'吗"起首于生态文明的宏大,落脚于"起锅烧油……那碗用赵家坪的茶油炒的蛋炒饭"的烟火人间,其意味悠长。凡此种种,作者的无垠青春释放着使命感,鼓励作者朝前迈去。

最令我感动的是最后一辑,可说既是作者情感的高点,也是作者传承乡土的基点。作者再一次将视角聚焦于父亲的故事,"四围高耸的山峰,如同一个个压抑的'五指山'""但开弓没有回头箭,只能硬着头皮迎着朝阳去奔赴了"。看似写父亲的奋斗岁月,其实也是作者对人生与成长的思考,这一辑始终昂扬着一种一往无前的决心和青春的锐气。后有《又唱一曲马桑树》又将宏大叙事拉回现实生活,将历史拉回当下。作者巧妙选择了全国退役军人工作模范个人——贺晓英。这是一个连接历史与现实的人物,她陪伴一位又一位革命遗孀走完充满等待的一生,她活生生在作者身边诠释着当代共产党人的大德大爱。这是一个时代聚光灯下的乡土坚守的典型，贺晓英出生于桑植县，工作于桑植县，将自己一生奉献给自己热爱的山乡和洪家关光荣院。在"好女儿、好闺女"的人物期待中，贺晓英的文学形象有力回应和关照了时代，既是温良恭俭让的传统坚守，又是社会主义核心价值观的极大彰显。

读罢《印象桑植》，分明可以感受到作者内心的丰盈和生命的蓬勃，可以看到那是一颗乡土传统丰沃土壤中，滋长出来的向上、向善且充满活力的，猛烈于时代的保持战斗姿态的青春的心。

（黄真龙，湖南省作家协会会员，湖南省文艺评论家协会会员，张家界市作家协会副主席、秘书长，已出版文学专著三部。）

目 录

CONTENTS

3

第一辑
澧源序曲

衣襟才沾澧源水，梦里又见西界云。桑植县澧源镇，位居县畿重地，背倚西界雄岭，源头澧水湍流，更有堤上绿柳，妆春色，入眼帘。一路行经有"澧"，妩媚动人，风月无边。

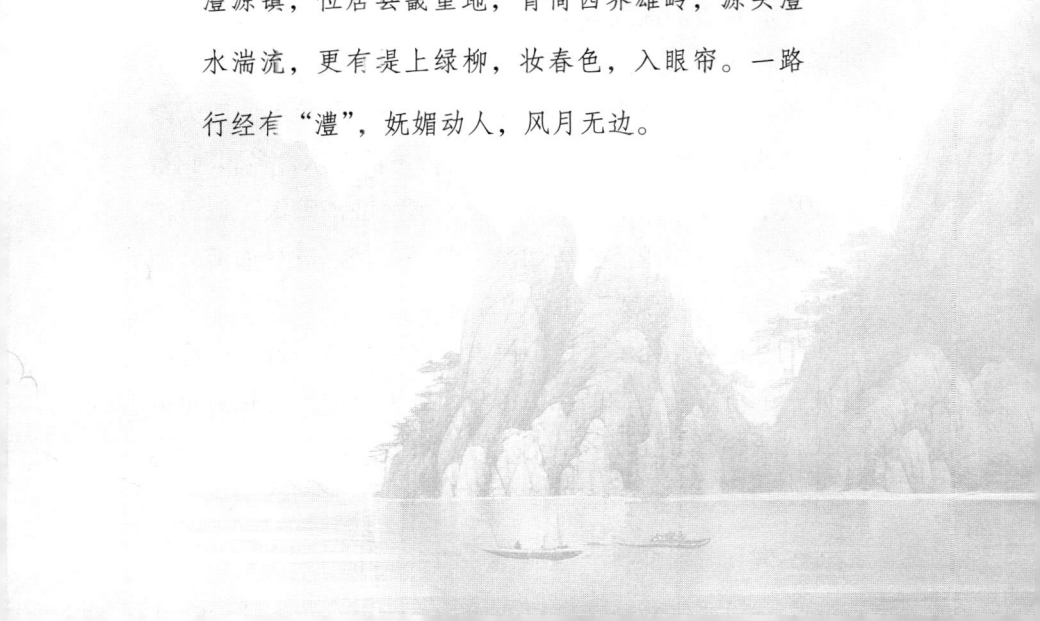

澧源听涛潮头立

　　衣襟才沾澧源水，梦里又见西界云。桑植县澧源镇，位居县畿重地，背倚西界雄岭，源头澧水湍流，更有堤上绿柳，妆春色，入眼帘。一路行经有"澧"，妩媚动人，风月无边。

　　澧水河道，逐浪奔流。至若春河景明，堤石远眺，观西界，听河韵，一湾碧水深浅滩，长天一色归澧源。诸多垂钓者，静心揉鱼食，熟稔支鱼竿，路人羡鱼肥。而天渐暖，日见长，携家带口河滩上。青山下的澧水，多彩河石，不胜枚举，捡拾一二，藏作念想。清河叠浪滚滚，似可洗去尘埃？生态如澧，宜居如澧，业兴如澧，风景如澧。澧源听涛潮头立，万紫千红总如诗。

　　桑植起义、赤溪大捷、梅家山红色革命遗迹……澧源镇域一个个重若千钧的历史符号，在无声的岁月长河里被一代代永恒铭记。如今，按照县委、县政府"城市东扩、产业西进"的统筹部署，新一届镇党委、政府一班人，扛重担、动真情、谋良策、阔步行，在高楼耸立鳞次栉比，车如流水马如游龙的澧源镇，蹚出一条可持续、跨越式、高质量的崭新发展之路，铸就融山、融水、融城的城市提质、产业崛起、生态厚植、文化积蕴、风景如画的龙头领衔新澧源。

仙鹅戏水，星月同辉。桃花十里，雪茄新镇。独有的低光照、高积温，拱护澧水河滩上数百亩雪茄种植示范基地产业集群。育苗大棚里，烟苗蓄势而生，根系足，烟苗壮。烟叶地块里，烟厢起垄清沟，覆膜毕，待移栽。兴产业，勇争先，超常规，出实招。澧源镇"赶超式"精准谋划烟叶"倍增"战略，既大兴传统烟叶规模种植，又探寻高端雪茄示范样本。"双拳"发力，步步"为赢"，力出则产业旺，步往则增民利。"雪茄小镇"舞龙头，一棚烟苗澧源春。

如何让镇域建设井然有序，考验"立党为公、执政为民"的智慧，是民需民愿的"解忧锁"，是民期民盼的"试金石"。控违建，日夜巡，零容忍，无死角。澧源镇既严控私搭乱建有序治理，又苦口婆心推心置腹解忧。立标杆，树样本，心通而皆通，心悦而众悦。澧源城中，天时、地利、人和，相辅相成，相得益彰。

从全省人民满意公务员，到全国人民满意公务员，澧源镇党委年富力强的"当家人"，用"弄潮儿向潮头立"的为民初心，践行不变使命，书写着党建引领的序曲华章。从创新打造产业振兴"三统一"的上洞街模式，到典型经验被省市主流媒体和省乡村振兴局官网专题推介，澧源镇政府担当作为的"主政者"，用"心底无私天自宽"的披星戴月豪情满怀，绘就了全民参与、监督、支持控违治违的桑植样本。

为"澧"款款而来。澧源镇的奔跑者，在听民意、察民情、办实事、解民忧的新征程里，仰可观云海升腾，俯可览澧水悠然。或可说，人不负青山，青山定不负人。人不负澧源，澧源亦定不负人。跋山涉水，唯心足矣！

澧源如此多娇

澧水河畔，清江月夜。微风拂面，馨香扑鼻。是花丛，是绿植；是人影，是婀娜。桑植县澧源镇的澧源夜色，是这一碧万顷的浩浩澧水，是这奔涌前行的渺渺烟波。胜景如斯，商旅云集。栖于此，业于此。一城兴，一县兴。

旭日东升，举于西界。山地潜藏，葱茏沃野。忽而登高览胜，万峰之巅。一任大江流，一任山岚起。玻璃镜面如洗，目光所见如期。西界之于澧源，犹泰山之于中原。眺重峦叠嶂，绿意无限。观九曲回环，古木参天。拔地起，入云端。更有农庄好酒美食，畅游无边泳池，绿野仙踪，何其乐也。

城中高楼，鳞次栉比。公园草地，人头攒动。熙熙攘攘，车水马龙。出县入县，繁华满城。傍晚时分，扶老携幼。闲庭信步，观山观水。护栏夜灯，一路通途。行者众，悦者多。既休闲，且健身。空山新雨潮水急，安然无恙大河东。风调雨顺，万物生息。澧源镇，桑植城。

长潭村居，美丽屋场。白族风貌，鸟语花香。毗高速，临要道，处外环、望城楼。仙鹅雪茄，产业新秀。连片烟地，晾制工厂。产业壮，汗水咸。雪茄俏，收获甜。兴旺塔里，瓜果飘香。大棚成片，果农正忙。黄桃熟，羊角蜜；葡萄紫，草莓红。洋公潭岸，平菇基地。集体经济，方兴未艾。菌棒鼓，平菇生，透嫩白，怡芬芳。

规划谋新景，建设出新城。控违有序，治违有力。铁腕为民生，无私成大道。旧路新路，旧房新房，旧灯新灯，旧绿新绿。公仆心，始得百业俱兴；有情怀，始得务实为民。一城山水盛，万家灯火明。安居乐业，惠民利民。繁荣新时代，凯歌新征程。挥手自兹虑，百姓儿女情。

学堂传来书声朗，莘莘学子入北清。教育强镇，文化兴城。沿河桑植民歌谱，传习土家民族魂。尊师重教非遗曲，扶老携幼永相承。诗书传家，文明共建。一心一意谋发展，凝心聚力促振兴。澧源镇上好风景，城市范儿更分明。

凭谁问？书言书语，同君所悟所得。所叙所历，如君所记所忆。心上皆你我，幸福新澧源。风景这边挺好，澧源如此多娇。

条条绿水出桑植

桑植的水，是原始森林生态秘境孕育的纯天然好水。每一滴水都从层峦叠嶂的山岭浸润而来，每一滴水都从一尘不染的泉眼喷薄而来，每一滴水都从邃远幽深的峡谷汇流而来。

桑植的水，是澧水源。湖南湘资沅澧四大水系，澧水自古以秀闻名。澧水的秀，是秀外慧中的秀，是蕴含哲理的秀，是养在深闺的秀。

沿澧水溯源而上，便融入一道又一道应接不暇的原生态美景。郁郁葱葱的山麓笼罩在烟雨中，轻如蝉翼的薄雾升腾在河面上，一旁是或急或缓的河流，一旁则是乱石飞瀑。这画面若仙境一般妩媚多姿，是印象中澧水最秀美的呈现。

据县志载：桑植境内有大小溪河 410 多条，河流长度达 5 千米以上的有 117 条。而澧水源，最为人知晓的则是澧水北源、澧水南源和澧水中源。

澧水北源，源自湘鄂边界上的千年古镇五道水。四面环山的边陲小镇，山岭植被丰茂，河道水清鱼跃。远山如黛，河面如镜。碧翠洁净的山水之间，是世界上亚热带地区保存最好的一片原始森林——八大公山国家级自然保护区。

步入古木参天的原始森林里，丰茂植被带来的负氧离子弥漫在空气里，每一口呼吸都沁人心脾。这高达 72.8% 的森林覆盖率，让桑植全县 4 个省控监测断面水质常年稳定在Ⅰ、Ⅱ类，地表水和饮用水源水质达标率均为 100%。

澧水南源，自南向北贯穿上洞街乡全境。上洞街，旧称上峒街，这块依山傍水的好地方，就是改土归流前的土司制所。历史的烟云散去，清洌洌的南源水，倒映一岭岭入了云霄的峰，绘制出一幅幅没有边轴的泼墨山水画。

密布着叠翠群山和蜿蜒峡谷的澧水中源，穿过上河溪，流经陈家河，涌进两河口，注入打鼓泉。"一山一世界，一水一重天。"奔流的澧水中源豁开宽阔的河道，天悬飞瀑漾起阵阵涟漪，山风拂树，绿叶婆娑，目之所及，还有诸如藤缠树、树抱石、斜生树的自然奇观，既是流动的风景，又是奔涌的风情。

桑植的水，每一滴都是可以直接喝的生态水，就像辗转自云南大理迁徙桑植落地生根的白族姑娘筛出的"白族三道茶"，让每一位开怀畅饮的他乡客都流连忘返。桑植的水，每一滴都是可以放心喝的长寿水，就像绵延在这里生生不息的土家妹吟唱的一曲曲桑植民歌，悠扬婉转地穿山过峡，激荡出一波波跌宕起伏的回声。

　　桑植的水，是一条一条"深闺"溪流的涓涓汇聚，峡谷纵横、绿树如茵的澧水源，造就了八大公山这处湖南的"生态绿肺"，孕育出蜚声中外的桑植白茶、桑植粽叶、桑植中药材……

　　桑植，还是中国大鲵的主要原产地。对水生态要求极苛刻的"活化石"大鲵，从亿万年前能幸存下来，恰恰是因为桑植的水更清、更净、更绿。

　　"条条绿水出桑植。"桑植的水，每一滴都是源头好水，每一滴都荡漾着乡愁。

绿水青山带笑颜

　　以秀闻名湖湘大地的澧水河，从桑植县的北源、中源、南源涓涓汇聚，至城区澧源镇河段已有磅礴之势。孕育了千万年的幽幽澧水，舒舒缓缓地流经洋公潭村，扑面而来的景象，是水清鱼跃的"潮平两岸阔"。这片透着靛青色的水域，无疑是不可污染的生态之水。

　　从脱贫攻坚，到乡村振兴，洋公潭村的这片水域，在澧源镇河段扮演着不可或缺的源头角色。问"河"哪得清如许，为有源头活水来。生生不息的澧水源，从山雨浸润的淅淅沥沥，到洞穴喷涌的曲曲折折，再到深谷高潭的叠叠宕宕，每一滴水都是源头活水，每一滴水都不容辜负。

　　而地处城郊的洋公潭村，依着山，傍着水，区位优势得天独厚，却在乡村发展中小步前行。"绿水青山就是金山银山。"这是洋公潭村扎实践行生态理念不悔的追求，不改的初心。这些年，为了护住山前这一河清水，洋公潭村在产业提质升级过程中坚守着底线红线。不搞大规模养殖，就不会有污染源；不搞大范围建设，就杜绝了开发污染物。这些谨慎细致的务实举措，虽然让经济增速迟缓了些，却让洋公潭村的绿水长绿，青山更青。

发展才是硬道理。桑植县委、县政府提出的"绿色发展"理念，让新一轮驻村帮扶工作队看到了契机，找到了窍门，注入了活力。"绿色"和"发展"，不正是"绿水青山就是金山银山"终极的目标吗？只要让"绿色"和"发展"无缝衔接、有机互促，不正是"两山论"最接地气的实践方式之一吗？

桑植县城管局党组按照县委、县政府精准选派导向，派出以罗军为驻村工作队队长兼第一书记的精干队伍，走进洋公潭村开启乡村振兴驻村帮扶工作。从沉下身子扎下根的那一刻起，不忘退役军人本色的罗军"戎装虽脱、军魂犹在"。他带领驻村工作队聚力同心，团结村"两委"一班人携手同行，上门入户听民意，座谈交流兴产业，统一思想谋发展，用"5+2""白+黑"换来了群策群力群智。

"平菇产业，方兴未艾。"在后盾单位的倾力支持下，罗军和驻村工作队一道，迅速把集体智慧的结晶转化为产业落地。作为桑植市场上持续俏销却长期依靠外购的平菇，其生态性能、产业性能、市场性能优越。随着洋公潭村一根根菌棒迁入大棚，采摘周期延长至六七个月，既能规模化发展村集体主导经济，又能让村民认领家庭培管，一时间"平菇菌棒满村爱"。

走进平菇大棚里，一排排整齐摆放的菌棒上生长着纹理细腻如伞盖的平菇，白净净的，肉嘟嘟的，看一眼就想采一簇，就想品一回。连片延伸的十个平菇大棚，如今都已建成投用，也依着山，傍着水。行经此处，每一个大棚都透着润心怡人的平菇菌香。

"绿水青山带笑颜。"让绿水长绿，青山更青的可持续保护性发展，才是"民之所呼、我有所应"的产业发展最真实写照。重要水源保护区的洋公潭村探寻的平菇产业，让生态更优了，环境更好了，产业更旺了。在洋公潭村，除了绿水青山带笑颜，还赢得了群众洋溢在脸上经久不息的灿烂笑容。

第二辑
巾帼印记

　　红色刻满厚重，时代赋予使命。巾帼女子的乡村奋斗史，从烽火连天的革命岁月，到乡村振兴的跨越光阴，莫不是峥嵘铿锵，莫不是栉风沐雨。脚下沾满多少泥土，心中就积淀着多少深情。

巾帼洪家关

　　说离别，谁如红军别？说思念，谁如红军妻？桑植县洪家关白族乡，一个湘鄂西革命根据地的策源地，一个红军"星星之火，可以燎原"的扩红地，一个万里长征人未还的红嫂相思地。烽火连天的革命岁月，贺龙带领的红军队伍战略转移，挥别的是妻儿、是父母。男儿皆往北，趁夜好行军。巾帼一把泪，滴落泣无声。

　　烈士陵园一排排松柏簇拥，观瞻游人列队而入立在石阶前，庄严肃穆仰望青山下的烈士忠骨。贺龙当年带领成千上万穷怕了的泥腿子，竖起一面红军主力大旗，让红旗在山头迎风招展，让红军在根据地打土豪分田地。分到田地的农民终于种上属于自己的粮，革命的种子在春天里长出密密嫩嫩的芽，革命歌曲整日在岭上岭下飘扬隽永的旋律。

　　试问如今的桑植民歌，哪一首没有红色故事？哪一首没有红军记忆？哪一首没有红军妻的长相思？即便红军远行，这群留下来的老弱妇孺，也用不改的心篆刻革命的情。巾帼之志，白首一人，钥匙不到锁不开。

洪家关旅游区已是享誉海内外的红色精品旅游线路，洪家关白族乡聚力打造的"文旅小镇"，也让全域面貌发生翻天覆地的巨变。街道沿线更宽敞整洁，白族风貌更浓墨重彩，乡里乡亲更宜居富裕。当年红军少有人回，用鲜血换来一个崭新的红色中国。这群家乡的红军妻，她们用一生的忠贞不渝，大写着巾帼志和巾帼情。

过去每年清明节，都有一群缅怀爱人的红军妻。她们颤巍巍的伛偻身影风雨无阻，岁月更其容，不可夺其志。巾帼志，其志在不忘初心；巾帼情，其情在不改初心。或是为了纪念，或是为了传承，桑植县委、县政府选派洪家关白族乡的新一届党委书记亦是励志巾帼，豪情满怀带领着乡党委、政府一班人，用勇担当勤奔赴续写新时代的乡村振兴之歌。

春末夏初，骤雨初歇，远山如黛，溪流潺潺。绿意盎然的产业基地，点缀一个个"美丽屋场"，透着绿光，溢着茶香。乡党委、政府一班人深谙绿色发展真谛，结合现代农业产业园模式，打出"红旅＋文旅＋茶旅"的"组合拳"，在优化红色底蕴基础上，拓展延伸产业辐射范围，引进农业产业骨干企业，带动土地流转收租金，统筹"家门口就业"拿佣金。为找到适合各村的致富好产业好项目，她深一脚浅一脚辗转来回多少路，苦口婆心耐心沟通多少次，遍访县乡村产业致富能人，协调农技课送到田间地头，农民专业合作社如雨后春笋般组建。而她，已记不清有多少个日夜不眠不休了。

　　"这片红土地是热土，唯有以时时放心不下的使命感，始终怀着全心全意为民谋福祉的初心砥砺前行，才能无愧党的嘱托，无愧帅乡故里的期盼。"巾帼书记深情地告白，新征程上再出发，这既是一份沉甸甸的巾帼志，更是一份红彤彤的巾帼情。

东旺坪的禾田梦

但凡步入桑植县瑞塔铺镇东旺坪村优质稻基地的人，往往瞬间即被禾田大秧的满目绿意倾心折服。八山半水一分田，还有半分是庄园的帅乡故里，一座座山峦直入云天，一条条溪流汇入大江，唯有河畔偶尔的滩涂谷地，成为灌溉不愁的稻香良田。五百亩连片优质稻田，是东旺坪村被世人熟知冠以"网红示范村"的最朴实无华的农耕之境。

时光回溯数年前。这一片稻田远不如当前知名，更少有稻田叠浪绿满乡村的光景。河道，依然是那条河道。河流，依然是那般澄净。稻田里，却零零星星有些农人，用耕牛牵引犁辕耕耘水田种些稻子，收成除去开销所剩寥寥。随着时光推移，抛荒田唱了主角，种稻子的稻农竟不如种时蔬的菜农多了。也是，离城近，时蔬直达菜市场批发，既便捷，又挣钱。谁愿去种不挣钱还赔钱的稻子呢？

一村好稻田，闲了好些年。在外打拼的土家妹子陈曳媛响应号召返村担任村主干。回村后，眼见着这数百亩稻田，在效益不显的各类作物零星种植中，社会效益和经济效益都不高，挤压着一腔为公谋、为民谋的产业发展壮志，总想着挥斥方遒反哺乡村。从商的坚毅果敢，养成了她沉着冷静又猛打猛冲的气概。从起初的数十亩试种，到整村扩种至五百亩，再到抱团统种市场统销，延伸众多乡镇增种至 4500 亩，东旺坪的注册品牌香米成了远近闻名的高端大米的代名词。

成功从来没有捷径，只有负重前行。东旺坪的禾田梦，也历经了风吹雨打和市场考验。试种的那年，陈曳媛携手村"两委"一群志同道合的战友，苦口婆心流转土地，披星戴月农事作业，肩扛背驮送货上门，让东旺坪的香米从无人问津到念念不忘，从口有余香到市场俏销。每一次挥汗如雨，换来源源不断的好评如潮。扩规扩种，改良稻种，东旺坪的优质稻米终于"一米成名天下扬"了。

随着产业振兴的步伐更加稳健，东旺坪跻身乡村振兴示范村行列，也迎来了市卫健委驻村帮扶的契机。有了后盾单位沉下身子扎下根，科学规划、合理布局、项目支持、建链强链，东旺坪村更是赶上了乡村建设、乡村治理、乡村发展的新机遇。春夏种植优质稻，秋冬种植油菜籽，一田两种，一地两收。争资跑项，自建厂房，实现优质稻米加工、油菜籽榨油自主生产、自主定价、自主销售，村集体经济收入"水涨船高"，村民富裕指数"竹节攀升"，陈曳媛也在党员群众的呼声里担任村党支部书记兼村委会主任，义无反顾地扛起了东旺坪村的乡村振兴大旗。

乡村振兴，产业先行。东旺坪村的禾田梦，在陈曳媛和村"两委"一班人的群策群力下，从理想变成现实，从一田变成一村，从单产变成多产，从传统村变成明星村。新落成的田园综合体更是配备了原生态木质游步道，装点着石板路、稻草人和民俗墙绘等"网红"打卡点，吸引更多人来到东旺坪村，徜徉油菜花海，体验大秧移栽，参与稻谷开镰，按动快门取景……

清晨时光，旭日初升。微风轻拂过东旺坪的禾田，禾香缕缕，佳期如梦。青春的奋斗者，相信一定能收获满满的禾田丰收梦。

"家"在自生桥

天空蔚蓝，洞泉甘洌，春日温暖和煦。桑植县总医院驻马合口白族乡自生桥村第一书记陈哲，仿佛"家"在自生桥，几乎每一天都奔跑在践行乡村振兴战略攻坚路上。我知道，这颗心定有所爱，或在云端，或在瀚海，或在心口，或在自生桥。

朝看旭日冉冉升，暮观烟雨挂山前。驻村的日子里，可以酣畅淋漓地感受乡村最原始的乡土气息，感受自然天成的鬼斧神工，感受翻山越岭的心旷神怡，让多年后的人生多一段在兹念兹的一抹抹"回忆杀"。

每天都在谋划着扩一扩茶马古道上的莓茶园规模，谋划着新开垦些荒地统一流转发展烟叶支柱产业，谋划着让村集体经济、种烟大户和"家门口就业"的村民们的收入更可观一点，腰包更鼓起来一点，过上的好日子更惬意一点。

赶上了多年未遇的跨冬春连旱，找水、保水、送水的一幕幕场景轮番上演，才揭开头一天的画面，又有了新一天的镜头。产业基地要供水，产业损失才能降到最低。人畜生活用水来不得半点含糊，喝上放心水才能放心，即便是再瘦削的女子，也不得不站成一个大大的身影。更莫说接种疫苗总动员，高考优秀学子发放奖学金……这些事，必须一件件做细办实。

应该纪念一下人生中从未规划正从容面对的一个个数十公里山路行。爬山前、爬山中、爬山后，得出了一些教训式结论："不要穿高跟鞋爬山，不要穿白裙子爬山，不然可能会收获一个不忍直视的'买家秀'。"好在崴脚后的步履蹒跚，虽举步维艰，却收获了村里人沉甸甸的信任和肯定。

乐观的成年人总能妥妥地稳定情绪，一边徘徊在似苦又甜之间，一边自勉着说"总有人间一两风，填我十万八千梦"。看着生态莓茶畅销线上线下，看着烟叶产业喜获丰产丰收，那份成就感会自然而然地荡漾在眉梢间。还有那村民自家水田种的绿色大米，天然营养无公害，颗颗纯香、粒粒劲道，让人品尝一回后回味无穷，自此逢人就不遗余力推销，当上了绿色大米的"代销员"。

村里的大事小情繁多，如同夜空中的满天繁星。除了"5+2""白+黑"，很多时候一日三餐都不规律。体力跟不上，只好加餐来补上。泪目，是不相信有完成不了的任务，不相信有克服不了的困难。每当重担压肩疲惫不已时，陈哲一遍遍告诉自己，自己曾经是一名医疗志愿者，是一名中国共产党市级优秀党员，是一名迎难而上的驻村第一书记。从刚开始的热血沸腾，到后来的热泪盈眶，唯有在痛苦中长出翅膀，才能飞得更高更远。

"往事堪堪亦澜澜，前路漫漫亦灿灿。"县民族中医院组建重症监护室，请缨有你；自生桥驻村帮扶，请缨有你。三十而立，陈哲加油！这个时代比任何时候更懂你。我知道，你的每一次奔赴，都是无悔的抉择！

一曲民歌唱新景

孩提时，我的记忆里有一位名唤谷彩花的桑植民歌手，在我生于斯长于斯的桑植县官地坪镇名声鼎沸。每逢联欢集会、民歌展演或者外出会演，总能在现场或在电视屏幕上看到她传唱桑植民歌的场景画面。那婉转如百灵鸟的歌喉，传唱了桑植民歌许多年，也镌刻在我童年记忆里许多年。

我是以我的家乡有谷彩花这样的桑植民歌手为荣的。我曾经跟随父亲前往谷彩花家中拜访。步入镇郊一处简朴的庭院里，正遇上她在家练习发声，抑扬顿挫、跌宕起伏，让我为之震撼。父亲和谷彩花的交谈时，我端坐在庭院的土家木椅上倾听，谷彩花习唱、演出、传承桑植民歌的点点滴滴就这么不经意地陆续涌入我的脑海里。

谷彩花是白族人，算算今年已经七十六岁高龄了，依然在传唱着桑植民歌。谷彩花出生于一个略显普通又略为特殊的农民家庭。和我一样同处地地道道的农民家庭，这无疑是挺普通的一面。作为湖南省第二批省级非物质文化遗产传承人，却是因为她的家人都是传唱桑植民歌的高手，特别是她的母亲过去是家乡小有名气的"金嗓子"，让她的血液里先天就流淌着桑植民歌的基因。

因为受到家庭的熏陶启迪，谷彩花从小就跟随父母和外公等家人学唱桑植民歌，有时还会得到家乡其他桑植民歌手的点拨指导，这副天生的好嗓子，更是在习唱中练就了一曲曲经典桑植民歌。谷彩花上过村小，也上过初中，基础学历让她学习桑植民歌时有了识谱能力。离开学校后，谷彩花便回到家里务农。但是，她传唱桑植民歌的热情，想唱好桑植民歌的初心一直没有改变。有时候，谷彩花会独自琢磨唱腔曲调，也会跟几个邻里姐妹相互探讨唱法技巧，随着她深研细学桑植民歌精髓，唱腔唱法日渐纯熟，在她家乡的十里八村已然是久负盛名，乡亲们但凡有什么喜事，都会请她登台唱上几首桑植民歌。台上一站，掌声不断，谷彩花就通过传唱一曲曲桑植民歌让各个民族的乡里乡亲聚拢过来。

谷彩花以日积月累的桑植民歌深厚功底为根底，逐渐形成了一套既有自己特色鲜明又保留原汁原味的桑植民歌唱腔的唱法。她演唱的高腔民歌，演唱时在口腔并未打开的情况下，上颚打开自然，声音通透，真假声过渡了然无痕，其浓厚的高腔桑植民歌演唱特色被众多慕名来桑采风的音乐领域专家与主流媒体的持续关注和宣传报道。随后，谷彩花受邀参加了中央电视台音乐频道《民歌·中国》栏目的桑植民歌专辑演出，参加了文化部和国家民委联合举办的"全国少数民族非物质文化遗产项目调演"，并赴中国台湾为台胞们演唱了桑植民歌的经典曲目。

桑植县有着 28 个民族，是个少数民族占比超过 92% 的多民族聚居县。谷彩花的家与我家相距不过一里地，也属于土家和白族等多民族聚居地域。为了让邻里更和睦地相处相帮与桑植民歌更好地传承，她毅然决然把桑植民歌的教育推广放在她人生中的一个重要位置上，坚持以自己的实际行动推动桑植民歌"唱下去、走出去"。除了自家子女，邻里的各个民族亲人们在她的言传身教下，也都会唱几首拿手动听的桑植民歌。

为了扩大桑植民歌的传播力、影响力和融合力，谷彩花经常参加县里举办的"桑植民歌王"比赛，经常夺得"桑植民歌三"的桂冠殊荣，成为令人景仰、受人尊敬的桑植民歌传承人。谷彩花还多次受邀专程到多个乡镇的中小学校教授桑植民歌，极大地传承了桑植民歌知识，调动了学校师生们学唱桑植民歌、爱唱桑植民歌的积极性。如今，桑植县众多中小学校都已经开设了桑植民歌的课程。几十年如一日持之以恒地传唱带动，她一个人就带出了成百上千的桑植民歌习唱者。其中，无疑有着谷彩花乐此不疲的传帮带和鼓与呼的作用。

"民歌唱出好景来，民族团结一家亲。"谷彩花作为桑植民歌省级非物质文化遗产传承人，创造性地继承桑植这片土地上的先贤口耳相传的优秀民歌文化，将其不断发扬光大，徒弟遍及县内外，使桑植民歌在民族团结融合的氛围里从传承中得到发展，从发展中得到传承，这份不可磨灭的贡献值得铭记。我为我的家乡有这样一位桑植民歌王感到自豪，因为我也在传唱桑植民歌。

第三辑
桥自弯颂

在桥自弯镇，一群家国为大的"停留者"，心系苍生谋振兴、情牵产业促发展。少了莺莺燕燕，别了觥筹交错，寄此身在此间，在河道旁，在田坎上，在烟地里，语句铮铮虽苦口，亦知此处在躬行。每一个披星戴月，每一个昼夜晨昏，写满了这群奋斗者的为民情怀和朴实作风，在产业振兴助推乡村全面振兴的崭新实践中，谱写出数不胜数的青春之歌！

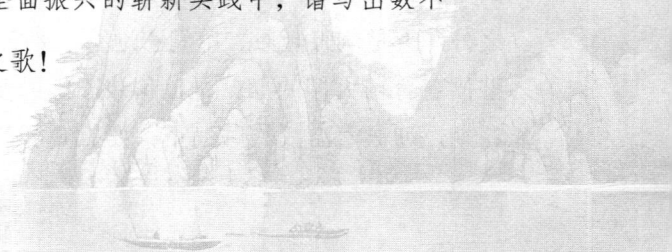

我在桥自弯很想你

　　旭日从牛洞口水库的山麓冉冉升起，晨雾还缠绕着树梢或浓或淡。依山而立的古铜色土家吊脚楼，远眺一湾湾东流去的磅礴细浪，响彻耳际的是蛙声，是鸟鸣，是"柴门闻犬吠"的夜归人。溪畔数十亩连片莓茶株，静谧地无所顾忌地沐浴滚滚春风。再过些时日，这些莓茶株就该探出新枝，生出绿芽，经一群妙龄土家阿妹的巧手采摘，入制茶铁灶揉捻出温柔怡心的沁人涩甜，在煮沸的清泉浸泡里穿喉而过，细品出人生百味。

　　顺着河道往前行，是梯次而起的山道。桑植县桥自弯镇的山梁上，一排排苍松劲柏挺直苗壮的腰杆，撑起青绿的华盖，涵养着这一方山水，陪伴着这一方人家。山与河之外，就是沃野倾原。田间和地头，要么是翻耕好的烟地，迎候着育苗大棚的烟苗早日移栽下地；要么是赶上了油菜花期，迎候着游人接踵而至；要么是买好了优质稻种子待春耕，八月瓜精心培管待秋收，还有火龙果、黄桃、蓝莓，这些舌尖上的美味，无一不是牵挂，无一不是思念，无一不是流连忘返、欲走还留。

或许正是这份牵挂、思念，吸引着南来北往的人停下脚步，呼吸着源自密林深处的负氧离子，一吐纳的新陈代谢，恍然青春，恍如经年。负重前行的每一天，最缺的是这份放松，是放下包袱轻装上阵。在桥自弯的每一刻，都可以酣畅淋漓地收获这份"断舍离"。断掉一切杂念，舍弃一切奢求，隔离一切纷扰。红尘不可扰，心静了无痕，不是吗？

我也曾无数次经停桥自弯。每一次驻足漫行，都是一次洗心之旅，都有一种解惑之得。竹外桃花三两枝，春江水暖皆可知。人生如草木，有春秋鼎盛，有冰霜枯黄，心清如水再回首，一切不过尔尔。可是，但凡润物无声归此处，不问春秋不苛求，则处江湖之远，仍心怀家国。家国为大！

在桥自弯镇，一群家国为大的"停留者"，心系苍生谋振兴，情牵产业促发展。少了莺莺燕燕，别了觥筹交错，寄此身在此间，在河道旁，在田坎上，在烟地里，语句铮铮虽苦口，亦知此处在躬行。每一个披星戴月，每一个昼夜晨昏，写满了这群奋斗者的为民情怀和朴实作风，在产业振兴助推乡村全面振兴的崭新实践中，谱写出数不胜数的青春之歌！

我在桥自弯很想你。多想你和我一样，去徜徉这里的绿水青山，去品味这里的四季果蔬，去身临其境地感受桥自弯的这群乡村奋斗者，用"5+2""白＋黑"的青春岁月，刻画出一幅幅壮美绚丽的乡村振兴画卷。

桥自弯的"南鲵湾"

　　群峰环抱、生机勃发的桑植县桥自弯镇，是开国中将、全国人大常委会副委员长廖汉生将军故里。这里红色印记厚重，有廖汉生故居，有罗峪整编旧址，有红军借宿的民居。这里绿色底蕴厚积，有天然保护林，有牛洞口水库高峡平湖，有八月瓜基地。而我所浓墨重彩着笔的，却是偶然误入的一处山水胜景，众人唤作桥自弯的"南鲵湾"。

　　出桥自弯集镇五公里，至山谷渡口登船，船夫掉转船身，直入南鲵湾秘境深处。河面波光粼粼，两岸峭壁如削。万绿丛中，古木参天；百丈崖下，清泉叠浪。巍然耸立听风劲，船头坐看云生处。清风徐来，柳枝轻拂，酷暑不热，满身清凉。惬意如斯，心更向往。

　　山重水复疑无路，柳暗花明又一"峰"。峰再起时，如巨型石墙。斑驳沧桑的泉流印记、浪涌残痕，如大自然鬼斧神工的彩绘，如篆刻甲骨天书，如上古神话人物，光怪陆离，不一而足。此间的离奇想象，欲穷其智，亦不为过。识天书，一横一竖，一撇一捺，莫不行云流水，一气呵成。识人物，举手投足，举重若轻，莫不顾盼生姿。是故文思泉涌，也难得描绘之力。只叹造物之奇，无奇不有。遇见亘古峰墙，憾无所憾！

一桥飞架南北，更有磅礴顶峰。峰上烟地泛绿，满山人影攒动。烘烤在即，丰收在即。桥上车水马龙，两端商贾兴盛。土货出挞，土货出山。河道湖山眼底，倒映青山成画。如梦如幻，如影随形。船行击水，破浪前行。艄公展歌喉，出号子，一顿一挫，唱出了桑植民歌的精髓灵魂。更兼有空谷回音，如二重唱，如三重奏，在大自然的美景中相映成趣、熠熠生辉。

九曲回环眺胜景，原始生态南鲵湾。桥自弯的这一河静水，集天地之灵气，聚日月之精华，自远古而来，自鲵祖而来，成为森林绿植的天堂，成为大鲵繁衍的家园。船家说，南鲵湾河道清澈，沟谷遍布，是大鲵的最佳栖息地。但有闲暇兴致，顺着飞瀑寻觅，不经意间就能探得大鲵擒鱼摆尾，浮游浅滩，低鸣如婴，可爱至极。

秘境十公里，风景一船头。水深渐浅，河石渐现。五颜六色的鹅卵石互相依偎在河底，一群又一群鱼儿旁若无人地成群结队洄游。青山庇之，绿水育之，少人扰之，是故繁其群落，肥鱼更肥也。船上最爱山水的一群小青年，双手托着手机，开启照相功能，不停按动快门，取山水之景，觅鱼之趣。举目四视，白鹤展翅飞渡，钓者垂竿安坐。一动一静，皆法自然，所遇所求，随遇而安。

生态桥自弯，原始南鲵湾。这一方秘境胜景，自有桥自弯的主政者生态保护之举，生态修复之力，生态振兴之功。这些年，林长制，守得全域青绿；河长制，守得全域澄澈；田长制，守得全域丰收。桥自弯的"南鲵湾"，徜徉湖光山色的生态美景，感悟只此青绿的生态家园。红色为底、绿色为韵的桥自弯，风光无限，风月无边的南鲵湾，来一趟总是值得的！

桥自弯的油菜花

　　我的眼前，是一片馨香扑鼻的油菜花海。这是桑植县桥自弯镇谷罗山片区的油菜花田，粉粉嫩嫩地迎着远方情侣前来打卡。按动快门的每一个回眸，都是百媚倩影。油菜花田的每一次回味，都是尽情呼吸。

　　阳春三月，弯上人家。田间花，花畔田，五彩斑斓绕河道。桥接路，路连桥，自弯自绕云水间。每年春深，桥自弯的高山密林百花齐放，总会被姹紫嫣红装点出无边风景，更兼有百鸟争鸣响彻四野，让独处时的万籁俱静，成就追风者的侧耳倾听。

　　这些年，桥自弯镇党委、政府的乡村扎根者，响应政策封山育林，常态夯实林长巡林，守护好每一寸绿色，赢得了最宜居生态。行到水"澄"处，坐看云起时。终归是用一缕缕青丝化雪奔走未停，换来一条条绿水长绿，一片片青山长青。

条条好水出桑植，最是清澈牛洞口。这些年，切山筑坝恍如"愚公移山"，高峡平湖已是"水涨船高"。忆峥嵘岁月，从山林土地协调征用，到堤坝浇筑自底而升，多少个挥汗如水，多少个日晒雨淋，抬望眼，皆值得。一库好水，于斯为盛！

一方山水滋养一方人家。水之源，是生态；水之尾，是生活。弥漫在牛洞口水库坝外的烟火气，除了炊烟袅袅、莓茶飘香，当前最夺目的无疑就是这片油菜花海。自沃土，已芬芳，自灿然，更留香。正如桥自弯的乡村产业振兴曲，在这片绚烂花海的田间地头激荡着，镌刻出每一滴生态菜籽油。市场俏销时，又该是另一番丰收的景象。

桥自弯的油菜花就这么静谧地徜徉在春天里，仿佛无声地一遍遍告白："我在料峭寒风时到来，我在繁花盛放时到来，我在春雨蒙蒙时到来，我在你侬我侬时到来，而你会来这里看看我吗？"

时光不语，芳华自在。最是春归寻觅处，水村山郭谷罗山。一年一度春风劲，油菜花海桥自弯。河岸的一蓬蓬芦苇随风摇曳，花径的一对对情侣触景生情。执手相看，对影成双。爱之所爱，何惧沧桑？不是所有的等待都忘不了，但桥自弯的油菜花田，你去一次就是刻骨铭心。

空山新雨后，等你来赏花。我在桥自弯的油菜花海，等着你的亲临，等着与你相遇。爱情，或许也可不期而遇哦！

桥自弯的八月瓜之恋

　　叠叶成茵，紫蕊瓜馨。一藤藤盛绿叶，一缕缕淡紫花，一串串八月瓜，乡野不言，兀自成春，遇之则心静，得之则芬芳，守之则泰然。这里是桑植县桥自弯镇，坡山倾野入目通透的自然绿，是一片片展现着仙阙姿的八月瓜基地，是一处处凸显着隐士志的原生态宝地。从起初的默然，到璀璨的蜚声，与世俗相处而不染淤，和清心相融而不改色，在不避风雨的洗礼中凌风而壮、迎雨而茂。

　　桥自弯的八月瓜，是野繁改良的藤类植物果实，外形似香蕉，农历八月间成熟，以果皮裂成两瓣的显像特征而闻名。其果味香甜、绵软可口，富含糖、维生素和多种氨基酸等人体所需营养物质，是一种老少咸宜的深山天然美食，广受弯里弯外垂涎者的惦记。

　　人间四月，春意盎然，瓜花盛开，清风拂来。奔赴桥自弯很近，邂逅八月瓜不远。虽然山路弯弯，但是此情可待。有一种眷顾，叫欣赏；有一种欣赏，叫沉迷；有一种沉迷，叫品尝；有一种品尝，叫眷顾。辗转经停的人生路，总会纷繁无序、压力无限、责任无穷，所以尽皆期盼着能从容面对，能饱含深情，能体谅在乎。还是桥自弯的那山那水那瓜，始终遵从自己的本心，守佑自己的世果。在骤然醒悟的那一刻，领悟这八月瓜弥漫的原始初味，和"与尔同销万古愁"的珍馐难得。

桥自弯的八月瓜分布在王家村、三和村、长坪村等村落，大隐隐于绿，欣欣然有一种远避世俗南山下的陶渊明情怀。那绿藤上的淡紫花，最缠绵；那初谢后的蕊上瓜，最自然。回首接踵而至，情怀不易放空。有思想，才有思虑。所历，皆曾所历；所苦，皆曾所苦；所伤，皆曾所伤；所憾，皆曾所憾。心境是很微妙的，寒暄一句，胜过一切。偶有患得患失，换来随遇而安。

为人本该如此，既能入世，又能走心。心态不败，则无忧常在；花开不败，则瓜果常在；真情不败，则理想常在。谁不是对号入座的浪漫主义者，谁不是把酒言欢的风花雪月者，谁不想把柴米油盐过成诗。就如这桥自弯的八月瓜，根下深藏多少事，岁月洗礼浴春秋。一株不败，一山不败。长岭葱茏，正逢青春！

穿过八月瓜的藤架，大绿不浅，大紫不喧。似很易得，亦很难得。感知细腻，小得而欢。声色犬马，文字炊烟。忆起当年情，赤子心，佳期如梦入桑城，不负如来不负卿。如今云烟看淡，早已波澜不惊。忘掉所遗憾的，思念所牵挂的；忘掉所伤感的，思念所拥有的。诚如桥自弯的八月瓜之恋，从始至终，一直珍藏着原汁原味。诸如桥自弯的乡村跋涉者，情深义重，一直记挂着乡里乡亲。

第四辑
振兴之路

返璞而归真，去繁而就简，深谋而远虑，厚积而薄发。以静促动，则万事万物皆可循规律；以人为本，则所思所想皆为国为民。正如张家界市委组织部驻浸峪村工作队第一书记毛新宇请缨奔赴乡村振兴工作前线，让浸峪崛起在绿水青山间，在浸润人心里，在有趣有盼中。

浸峪亲溪

　　遇见浸峪亲溪，竟有一种天成之美。源生态高岭，倚如簇群峰。亿万斯年，静谧独幽。潺潺流水，经年澄碧。古树绕蹊，蔚然成森。行经此处，胸有丘壑。呼吸吐纳，俯仰相宜。但觉禽鸣古枝，鱼洄碧潭，所遇所见，有趣有盼……

　　想看竹海，赴竹叶坪乡。想观幽谷，赴浸峪亲溪。浸峪亲溪之美，美在其静。崇山峻岭，衔绿而荫。万亩葱茏，下自成溪。幽深峡谷，蜿蜒叠浪，奔腾不止，生生不息。至若姹紫嫣红，妩媚山果，群鸟翔集，婉转动听，享万籁俱寂之无忧无虑，乐百感交集之有声有色。树为万年而增年轮，溪为悦己而常清澈。

　　还绿于山，山必秀之。还溪于源，源必渊之。是故有绿水青山就是金山银山之哲理。浸峪之山，秀秀焉，出世入世。浸峪之溪，渊渊焉，沁人心脾。张家界市委组织部尽锐出战，择选谋人才之人才，驻村以责，帮扶以心，吹响乡村振兴序曲，开启乡村崛起新程。以使命必达为要，以家户必访为基，以足履必泥为思，急群众之所急，忧群众之所忧，想群众之所想，乐群众之所乐。

自此，驻村第一书记毛新宇的铿锵步履，深思熟虑产业科学布局，规划调度美丽屋场创建，协调对接云上养猪项目，先行先试数字乡村发展，蓝图在谋定而动、百炼而成的"浸峪六策"里精彩绘就。村容村貌日新月异，远方客人纷至沓来，乡村经济真金白银，壮大起来的村集体经济产业建链强链延链，带动"家门口"创业就业的浸峪村民洋溢着笑意，鼓起了腰包，走向共同富裕的康庄大道。

越来越多的"主题党日"活动选择在浸峪村举办，越来越多的交流考察座谈选择在浸峪村开展，越来越多的亲子陪伴时光选择在浸峪村栖息。从浸峪民宿一号到浸峪民宿八号，再到高端定制的"浸峪楠湾"竹林别墅，从过去无人问津，到如今一房难求，更莫说还有土家拦门酒的一饮而尽，土家阿妹的歌声回响，土家伴手礼的土味土韵，哪一个远方客人不流连忘返，哪一处记忆不历久弥新？

而其中最缱绻的新去处，却是驻村工作队携手村"两委"开辟出的浸峪亲溪原生态景区。在竹艺馆欣赏村里的能工巧匠编制的小背篓、小竹筛、小簸箕等竹制品后，沿前阶左转，忽而进入浸峪亲溪秘境。土砖铺就的游步道，舒缓地顺流延伸，数人围的古树密布在溪流两岸，各类繁花野草争奇斗艳，高低起伏的地势孕育出石潭浅滩，在一处又一处转弯处飞洒成瀑，引得行经之人忍不住阵阵喝彩。圆木架起的渡桥横亘溪流的两端，行在其上，听蝉鸣，听蛙鸣，观山水，观自在。倘有亲子家庭，携泳装，携水器，匐游石潭浅滩，嬉戏亲水，水天一色，必答曰：此处幽静，乐不思归。

世人皆寻世外桃源，亦寻内心之所寄。养在深闺人初识的浸峪亲溪，该是一个值得期许、值得体验、值得奔赴的绝佳去处。正如驻村工作队第一书记毛新宇请缨奔赴乡村振兴前线，让浸峪崛起在绿水青山间，在浸润人心里，在有趣有盼中。

浸峪新颜

秋雨连绵，山水浸润。楠湾民宿，美丽屋场。茶马古道，浸峪亲溪。山顶黄柏，云上养猪。俯仰竹海，四季如春。桑植县竹叶坪乡浸峪村的每一处"网红景点"，都是应接不暇的乡村即景，都迸发着跨越崛起的崭新气息。更有顺溪而生的数亩山塘，勾勒出多少人梦里的如画乡愁。这一年的浸峪，在日新月异的新颜里，等烟雨，也等你。

村口的石英砂岩峰林地貌，峭壁如削，直入云天，宛如《归园田居》里的武陵源的天子山。一脉相承的地质结构和生态秘境，即将随着竹黄高等级公路的建设而焕发出新的康养文旅活力。养在深闺人初识的浸峪村，正昂首阔步迈进省级和美乡村的序列。

河道的鹅卵石，被就地取材的乡村工匠用巧手镶嵌在村道花圃的外立面上，化身五彩斑斓的一块块文化石，凸显着富有乡土气息的生态底蕴。金弹子、紫薇花、老柳树，沿溪而行的每一次回眸，在手机的摄像头里都恰到好处地呈现为一帧帧经典的照片，很上镜，很温馨，很古朴。这些江南园林里独有的绿植，植满了浸峪溪畔的村道，成了民宿住客步履轻盈的向往。竹艺馆的竹器艺术品，蜂蜜、腊肉、米酒等土家伴手礼，学校师生认领的体验农场，无一不是令人津津乐道的新鲜事物。

淡雅清心寻幽处，浸峪新颜盼君来。这一路山水欢歌，旖旎嬗变。请缨而来的驻村第一书记毛新宇，带着张家界市委组织部审慎选派时的万钧重托，离别家人，远离喧嚣的城市烟火气，用驻村以责的专心和深耕乡村的专注，投身乡村振兴良谋善治的精彩实践，携手村"两委"带领土家村民们依山修篱、沿河筑堤、逢山开路、遇水架桥。他总能放空杂念，始终想着群众，带着责任努力向前，在返璞归真的乡村顿悟里，沉淀再沉淀；在"浸峪六策"的乡村共治里，简单再简单。返璞而归真，去繁而就简，深谋而远虑，厚积而薄发。以静促动，则万事万物皆可循规律；以人为本，则所思所想皆为国为民。

全力以赴一颗心，即便是在山沟沟里，亦能引来凤凰栖。从城市来，到农村去，只要扎下根，旧貌亦能换新颜。张家界市委组织部的驻村帮扶，驻村工作队的驻村驻心，融合浸峪村"两委"的兴村情怀，让这个背靠武陵源、紧邻天子山的生态土家民俗山村，吹响了奋进新时代的新序曲。

作为全市人才工作多年来的参与者和执行者，毛新宇创新运用人才工作的经验积累，从抓班子带队伍的角度，采取"走出去、学回来"的模式，更新村"两委"班子的眼界和境界：让大局观、发展观成为村级带头人的新共识。思维开阔了，思路就豁然开朗。随着村级公路建设、河道治理、生态修复、民俗挖掘、景点培育日趋完善，四面八方的客商纷至沓来，既有专程学习取经的，也有参加主题活动的，还有返乡投资创业的，一拨接着一拨，接二连三不间断。于是，浸峪村有了黄柏基地整体流转，有了云上养猪数字经济，有了旅游公司市场经营，有了省级和美乡村创建，有了绿水青山就是金山银山的生动诠释。

浸峪新颜，新在思想统一，新在担当作为，新在务实为民。浸峪新颜，新在产业崛起，新在创先争优，新在全域振兴。用脚步丈量土地，可以知村治村。用深情扎根乡村，可以兴村富村。浸峪新颜，不只是数字经济开创全市村级先河，不只是乡村振兴各项工作"走在前、争示范、做表率"，更有浸峪村民们内化于心、外化于行的凝心聚力谋发展、步调一致促振兴，和洋溢在脸上那满满的归属感、收获感和幸福感。

漫山红遍大庄坪

秋染山林，漫山红遍。这是遇见大庄坪村的第一感观，也是邂逅高山村落的第一视觉。举步从未涉足的山村，一幕幕目不暇接的震撼，随之接踵而至。

桑植县芙蓉桥白族乡的大庄坪村，距县城不过三十多公里路程，却因独处大山之腰凌云之岭，而心远地也偏。可是，这岭上岭下的风景，给初临的人瞬间带来无限的收获和感动。

莫说那斜枝粗干如伞盖的不老松，数百年光阴弹指过，一树树苍翠依然。莫说那磐石巨峰上云天的四望山，亿万载沧海又桑田，一峰峰魁伟依然。更莫说那涧泉叠浪流不断的通幽谷，千古亘只此东流去，一滴滴甘甜依然。

而我却并非为此流连。漫山红遍的大庄坪，除了秋风秋雨淋漓中的怡人景色，还有县机关事务服务中心驻村开展乡村振兴帮扶的画面，以及村支"两委"勠力携手战天斗地的场景。这或是更瑰丽、更夺目、更璀璨的另一种风景。

顺着洁净的水泥路前行，一丘丘连绵成片的山地，就地取材的山竹搭上架，缠绕着结满罗汉果的青藤圃，悬垂着的罗汉果圆鼓鼓胖嘟嘟，果也飘香，叶也飘香。顺着新开辟的产业道前行，一块块拾级而上的山地，烟叶已经采收进入烘烤分拣，余留下一顶顶盛开的淡紫色烟花兀自在风雨中摇曳生姿。村组道路两旁的草地上，时不时能看到一群群吃着青草长得壮硕的山羊，悠闲极了，惬意极了。

一年多时光里争分夺秒地精雕细琢，让这些产业发展的画面愈来愈清晰，愈来愈丰富。那种采收烟叶烘烤烟叶藏不住丰收喜悦的现场张力，伴着历经一个种烟季装点而就的古铜色肌肤。

一百余亩高山生态烟叶，五十余亩罗汉果，这是今年新发展的村集体经济主导产业的规模。从话里行间畅所欲言的交谈交流里，听到了来年的产业计划和未来数年的产业规划，都是翻一番或是翻几番的豪言壮语。当我看到驻村工作队、村支"两委"、烟农和"家门口"就业的村民们在产业基地忙碌时的会心一笑，这画面就如镌刻在大理石墙面上一样隽永地留存在脑海中。这些接地气、可操作、能见效的豪言壮语，每一句都铿锵有力，每一句都掷地有声。

"乡村要振兴，产业须先行。"大庄坪村的无垠风景，除了山色空蒙雨亦浓的"漫山红遍秋意劲"，更撼动人心的是众人拾柴产业旺的"星星之火已燎原"。这一轮乡村振兴驻村工作队"驻村又驻心"，这一届村支"两委"一班人

"同心又同力"，让大庄坪村的无垠风景，从贫瘠地上长出无限"钱景"。这无限的"钱景"，试问不正是大庄坪村最美的风景吗？

归园田居上洞街

　　沿盘山产业道，过坡度渐缓的三岭五岗，远眺一蓑烟雨落在澧水南源，升腾起山峰与山腰的雾幔，眼里满是渐浓渐厚的雾里仙境。桑植县上洞街乡和永顺县属乡镇交错连绵在山峦下、河道旁。登高可望远，下行可过江，溯流可观景，可胃归园田居的原生态好去处。

　　上洞街乡的澧水南源，一叶扁舟、一树河柳，醉了多少徜徉的人。山脚溪流潺潺，山顶林涛阵阵，乡村左邻右舍每日在绿意葱茏植被丰茂的家园，呼吸着如大氧吧一般纯净的负氧离子空气。这新鲜的空气，让乡里人长寿不是传说。

　　山路弯弯曲曲，扛着犁辕的，戴着斗笠的，披着蓑衣的，一路上走出了憧憬和希望。麻洛村的人实诚，做农事实诚，做人也实诚，即便在田间地头选种农作物，也实诚极了。可不，临着一河好水，稻田种上优质稻，用口感赢得口碑，让上洞街大米被寻香客追购到脱销，直至"一米难求，来年趁早"。

卧云界村的云端公路是硬化水泥路。洁净如洗的路面，半是村里党员开展"主题党日"活动时的清扫，半是山风在月色下的吹拂。偶尔有车经过，会脆脆地惊起山涧的"空谷回音"，让树枝上栖息的知名或不知名的鸟儿扑展着翅膀，或鸣叫，或躲藏。

上洞街乡已有数十年封山育林，古树伸着华盖，在春日的艳阳天遮蔽出纳凉地。三五成群的村民在傍晚农闲时盘膝而坐，一局象棋或跳棋让下棋者急，让观棋者乐。农妇们则摊开绣面，有绣十字绣的，有纳鞋底鞋面的。农事下田，农闲寻趣，一天也未闲着。目睹一簇簇山崖掩映的澧水河湾，隐约展现的娃娃鱼巡游身影，叫人邂逅得难以忘怀。

春耕催人忙，家家户户都是繁忙季。这两年，乡党委、政府和村里的主事人，都把群众的事当成自己的事，全身心谋划产业规模化发展。山坡上，烟叶成了新风景；田地里，稻子丰硕甜玉米肥，澧水南源的溪流立起了禁渔标志，水至清也能见鱼翔浅底的一幕幕原生态场景。

"党中央吹响乡村振兴的号角，鼓起了乡村产业发展的干劲，发展烟叶、优质稻等优势主导产业，成了乡村带头人助农增收致富的终极目标。"时任乡党委书记李仁权的话语铿锵有力，"乡村美、村民富，才是醉美家园"。这些斩钉截铁的话语，让言者动情，让听者动容，让乡村振兴的一幅幅蓝图清晰浮现。山环水绕的上洞街，看山有山景，看水有水景，观江有江景。正应了那句最缱绻的句子："看得见山，望得见水，记得住乡愁。"

　　归园田居，就去上洞街。绿水青山的上洞街，东风吹，产业兴，可期待，更出彩。

第五辑
白族人家

晨曦初起，日头缓缓映照着山岗。芙蓉桥的白族儿女们凭栏远眺，一座座巍峨的山峰之后，是大理那个梦里的故园。祖先在桑植的溪山河畔扎下了深深的根，却始终没有隔断这支白族儿女七百多年绵绵不休的故乡情结和宛如大理不改初衷的民风民俗。

舞台上的芙蓉桥

　　一湾绕一湾，青青马桑树。三坊一照壁，忧忧故土情。桑植县芙蓉桥白族乡合群村，逾千白族儿女的大理情结还在血液里滚滚不息穿流着，各级各部门整合资金援建新落成的白族大舞台早已锣鼓喧天。背靠大山的青瓦灰檐滴水墙上，一幅幅苍山洱海的景，衬托着山前山后一坡坡青青马桑树，让舞者在戏里、在九子鞭里、在仗鼓舞里勾勒着白族看客的缕缕思乡情。这群从大理翻山越岭迁徙而来的白族儿女，作别远祖七百余年了，大理抑或这里，是他乡亦是故乡。

　　这是白族儿女逢节开展的非遗传承节目展演。男女老少聚拢来，白族服装穿起来，白族舞蹈跳起来，白族民歌唱起来。一条长长的白族风情游步道上，到处是唯有去大理才得见的景致。沿途展销的老酒坊里勾兑的后劲醇足的米酒，萦绕的酒香勾来一拨拨"贪杯客"；老茶坊精制的白族三道茶道道是野茶，品茗者恋着桃花深处的茶香不愿起身离去，怕冷了茶盏失了茶味；尤其是白族扎染坊里的布料热销，挑花皆以白色为主色，引来三五选购的游人停留半晌未移步履，总想着要多置办些，男选扎染马褂，女选白色领褂，再寻一顶红白蓝相间艳艳的头帕……南来北往云集客，和白族儿女一样，都爱这白族文化的底蕴，爱这芙蓉桥白族乡各个白族村寨的非遗传承。

及至徜徉芙蓉桥的街巷仰观俯听，耳际响起校园里的琅琅读书声，响起白族舞台上抑扬顿挫的非遗唱腔，响起白族书屋里问祖寻宗的探讨声，你的心定是静不下来的。几年前，这里虽有白族格调，却如高山流水令人仰止，太多白族儿女只能日出而作、日落而息，没有闲暇去寄情温饱之外的求索。若不是后盾单位从脱贫攻坚到乡村振兴驻村帮扶，若不是乡党委、政府"文化名乡、产业富乡"的红旗招展，白族乡里也只是数十年前白族老人们记忆里追思的场景。

独乐乐岂如众乐乐？白族之美，文化先行。从驻村后盾单位主要领导，到乡党委、政府决策者，再到一支支驻村帮扶工作队，复白族之古韵，兴白族之舞魂。量好尺寸，量体裁成白族衣；搭好舞台，搭就白族大舞台。芙蓉桥白族乡老一辈白族非物质文化遗产传承节目的行家里手，纷纷身着白族盛装，带起徒弟登台排练，非遗传统节目又鲜活起来。每逢佳节，白族大舞台流光溢彩，歌舞升平，省、市、县、乡纷至沓来的贵宾和白族村寨的远亲近邻们聚拢在白族大舞台上，沉醉在九子鞭、仗鼓舞、板凳龙等连台好戏里歌声、掌声、呐喊声不绝于耳。这群大理迁徙而来择水而居的白族儿女们，郁积在心里多少年的白族情结终得释放了。那么多精彩纷呈的节目，那么些年只能在小众里传播，不是大家无心传承，只因受一日三餐所累，才暂且搁置了民族文化的精髓挖掘和弘扬。

有舞台才有精彩。"'文化名村、产业富村'，起舞弄非遗，何似在人间。"正如被党中央、国务院表彰为"全国脱贫攻坚先进集体"的合群村的党支部书记钟白玉所言，白族传统节目吸引着全村白族儿女不忘祖先文化盛宴的场景，在白族大舞台上唱好文化大戏，"乡村旅游，这里有得天独厚的文化资源优势，帮扶工作队全力扶持打造非遗传承节目，就是要让舞台上的合群村白族民俗和旖旎风景走进省内外游人的视野，让文化振兴精准带富芙蓉桥白族乡舞台上的村村寨寨"。

遇见最美白族村寨合群村，遇见舞台上的芙蓉桥，再见或将更出彩。

苍山洱海芙蓉桥

梦里最常见的地方，是白族先祖七百年多前的那片故土。那是隔着千重山万道河的云南大理，是桑植县芙蓉桥白族乡一脉传承的根叶相连的远方家园。苍山依然苍翠，洱海依然碧蓝，遐思让这些千里之外的白族人家一次又一次沉醉在梦境里。

衣袂飘飘的白族风韵，尽情地徜徉在白族少女的举手投足间，是九子鞭，是仗鼓舞，是游神节。先祖跋山涉水寻觅的新家园，是离故土可谓山也迢迢、水也迢迢的桑植。这个山水相连的好地方和大理是那么自然地契合贴近，以至于成了先祖抉择的另一处繁衍生息的理想栖身地。

芙蓉桥的山宛如苍山，苍翠掩映在深林里，枝枝叶叶总关情；芙蓉桥的水恰似洱海，碧蓝荡漾在鳞波上，起起伏伏最动人；芙蓉桥的白族年轻姑娘，站在祖祖辈辈耕耘的新沃野里，既如碧玉，又是闺秀，更担当起白族乡亲实干兴邦的历史使命。

七百多年间，当年的白族始祖已经在桑植留下了13万的白族后裔，桑植也成了云南大理之外最大的白族聚居地。从1984年桑植县正式建立白族自治乡，四十年仿似弹指一挥间，这群桑植白族儿女和大理白族亲人虽远隔重山，可是同一个祖先的认同感和血浓于水的心却更贴近了。

晨曦初起，日头缓缓映照着山岗。芙蓉桥的白族儿女们凭栏远眺，一座座巍峨的山峰之后，是大理那个梦里的故园。祖先在桑植的溪山河畔扎下了深深的根，却始终没有隔断这支白族儿女七百多年绵绵不休的故乡情结和宛如大理不改初衷的民风民俗。

一群正值青春年华的芙蓉桥白族乡党委、政府的乡村奔跑者，在每一个工作日里，如芙蓉绽放般美丽的姣好面容和充满坚毅果敢的古铜肤色，写满了柔情和真挚，洋溢着灿烂与真诚，带给见过面、解过难、理过事的白族乡亲永如初见的温馨。同是白族儿女一家人，没有两家话，只有一家亲。

不记得去过大理几多回了，每一回重归故园，芙蓉桥的白族乡亲们依稀还能找寻到先祖留下的印迹。13万桑植白族儿女的遐思和芙蓉桥白族乡的清溪水一般悠长，荡涤在苍山顶洱海中，化作芙蓉桥白族乡里的海洱峪这些镶嵌着思乡情的地名。

这不，随着芙蓉桥白族乡的合群村等白族村子和大理的周城村等村村寨寨纷纷结为"姊妹村"，千里之外的白族亲人认亲走亲来得更勤了。这一次，苍山洱海芙蓉桥，再也不只是梦里才有的"风花雪月"。

芙蓉桥的桃花宴

　　盼望着，盼望着，桑植县芙蓉桥白族乡的桃花开了。开得那么灿，开得那么艳，开得那么茂，开得那么美。从十里桃花的合群村，一路延伸到岭上的大庄坪。从这座山到一座座山，将粉红的桃花洋溢成花海，渲染出无边的桃花香。我如同赴宴一般沉浸在芙蓉桥的桃花林里，徜徉着，自在着，馨香着，回味着。

　　芙蓉桥白族乡，一个徙居而至落地生根的云南大理白族人家的"第二乡"，遵祖训、感祖恩、传祖习，一代代绵延着终不变的大理风、故乡韵，演绎成仗鼓舞、九子鞭和游神等蕴含了千丝万缕交织故土的寻根舞、念亲俗。大理的白族亲人来桑植，来芙蓉桥，来合群等白族人家的村村寨寨，莫不是泪飞如雨，血浓于水，执手相语那些穿越七百余年的久久荡涤在心头，忧忧放不下，惝惝难入眠，迢迢入心头。

当年一支"寸白军"自大理征召，转战江南，途经桑植，散落形成如今俗称白族"五朵金花"的芙蓉桥白族乡等五个白族自治乡。七百余年风云变幻，七百余年乡音未改，穿过历史的经纬曲折，这一支移居千里之外的白族人家不忘故乡土，栖息理想地，用勤劳果敢、聪颖智慧的白族血脉遍植桃花林，迎来桃花开，共享桃花宴。

桃花林，每一株都是精品黄桃。三米开外的间距，一丘地一坡山，有序垦植，用心培管，从幼苗到成林，倾吐了多少白族人家的柔情和汗水。合群村的山山岭岭，被桃花林装点得春意盎然、春色无边。桃花开遍山隅，不身临其境，如何感知这夺目的美，这娇艳的美，这明媚的美。

白族舞台上的非遗展演开场了。载歌载舞的白族村姑，一举手、一投足，满是大理遗风，沿袭祖先旧俗，用眉目颤动着观者的心，用妩媚荡涤着舞者的情。桃花深处，舞姿翩跹，不是大理，胜似大理。此间桃花开，似是故人来！

桃花兀自春风里，佳肴添酒喜开宴。桃花为伴，沿山而席，十里长桌宴，满腔白族情。桌面上一钵钵土菜，荤素相宜，色香俱全，更兼七眼泉香米，入喉留香，回味悠长。桃花一瓣瓣，钵菜一道道，芙蓉桥的桃花宴，花醉人，唇齿香，意缱绻，自难忘！

世人皆苦苦追寻世外桃源。憾其常觅常失，终无所遇所得。只能寄情于五柳先生的《桃花源记》，憧憬于虚无幻象，而不能自已。殊不知七百余年前的大理一脉跨越千山万水，奔波几许流年，却在桑植县的芙蓉桥白族乡等地，觅得合群、大庄坪等繁衍生息的白族人家的新家园。

溪流潺潺清泉绿，桃花朵朵合群兴。观花海、赏民俗、品佳肴，芙蓉桥的桃花宴，去一回就是一辈子的刻骨铭心，从此念念今生，再也放不下一缕缕牵挂和期盼。

合群岭上桃花开

倒春寒的时节，是入夏前的冷凝思。桑植县芙蓉桥白族乡合群村的岭上，明显要比坪里更冷一些。可是，那岭上花繁叶茂的桃树和坪里的桃树无异，都趁着春雨连绵吸足水分，早早含着苞蕊怒放了。可不，一阵阵暖风吹来，伴着彩雷满天，催促岭上的桃树次第绽开了花。坪里依稀的桃树虽也有些桃花开，终敌不过合群岭上遍野的桃林花海那般璀璨，只能是孤芳自赏了。

合群岭上桃花开的消息瞬息间传遍省内外，引得慕名而来的游人们踏山行。一拨拨观花者莫不是携家带口，或提着相机，或背着画板，或口占诗词，穿梭在岭上桃林花海的小径深处。

都说最美桃花数桃源，殊不知芙蓉桥白族乡合群村满岭的桃花更妩媚动人。桃花源的桃树自然而生，自然而长，没了拘束也没了规则，胡乱肆意地伸展恨天高。合群村这岭上的桃树却少了些许任性。可不，桃林的花海虽深，枝头一朵朵桃花却触手可及。那些挂满了桃花的枝丫都是在主干一米处开枝散叶，茁壮地朝向四周围生长。明月别枝花满园，透入眼帘竟是那么红、那么艳、那么美。

这一定是个白族人家的礼仪之乡。桃花虽繁，未有谁折枝。游人们带着疼惜步入合群的岭上花海，生怕碰撞着桃树，生怕撞掉些花瓣来。那些观花的眼神满是小心翼翼，虔诚如护花使者一般柔和。

春风里，虽总有花瓣轻坠，这却也是桃花的一种宿命。有些花注定该结果，就从始至终矗立在枝头如磐石，风雨兼程不改初心。有些花离了枝零落成泥，却也是另一种清美，虽轮回而不离根，有一日仍可见仍可知这些同萌芽的花蕊长成诱人的果实挂枝头。可见即可守，可守即不孤独。桃花也浪漫。

岭上风盛。艳阳当空，却有些吹面寒。游人们早预料到合群岭上会比坪里冷一些，裹在身上的单衣似乎贴得更紧了。可观桃花的兴致却不减。桃林有多深，人群就有多蜿蜒。桃林都是顺着极缓的坡地植下的，在岭上密密麻麻地安下营扎下寨，如一个又一个军团遥相呼应着，根深叶茂花繁。

桃林都是合群人的心血。莫看仿佛是大自然的鬼斧神工，莫以为都是缘了这岭上的土质好气候好，才有这遍岭的桃花开。其实，从前的岭上是光秃秃的，即便有些灌木丛透着绿意，那也不过是荒山点翠罢了。眼前这些桃花林，已然费去了合群人的太多光阴。先试植桃树母株，再松土、施肥、修剪、垂枝，一年又一年尝试，一年又一年改良，一年又一年扩大种植规模，经历了多少个经年尘土，才有了可以踏春观花的桃林花海。

而这艳了一春饱人眼福的桃花，终归会长成一颗颗果实。这果实，就是吃一回便再难忘怀的合群村黄桃。桃花开了，你说桃熟的那一天还会远吗？

第六辑
舌尖滋味

　　煮一锅东旺坪的米，热气腾腾的清香沁人心脾，是美味，是回味，更是品位。吃过多少地方产出的优质稻米煮出的米饭，东旺坪的米煮出的那一锅，穿喉而过的是万种牵绊，细细品尝的是万种思绪。

东旺坪的米

　　五彩斑斓的一面面精美民俗墙绘，镶刻在美丽屋场的一栋栋民居滴水墙上。白族、土家族等多民族大杂居小聚居的东旺坪村，氽水清泉蜿蜒流淌，密林修竹苍翠染秋，一田田绿茵茵的油菜苗，是满坪优质稻收获后植下的一抹抹新绿。

　　"产业兴旺、生态宜居、乡风文明、治理有效、生活富裕。"立在产业道上的乡村振兴二十字标识牌格外醒目。产业道两侧的花池，绯红的、淡紫的、透白的花株点缀出田野里的姹紫嫣红。花田小径上铺叠着青石，三五成群的休闲游客打扮得花枝招展，摆弄着惬意姿态，按动快门的那一刻，万种风情成就了永恒的镜头。伫立在田间地头仿如忙着农耕作业的稻草人成为"网红"，游人们争相结伴"打卡"留影。这些冬日里的情节画面，点缀出东旺坪村稻谷香里的丰收年。

意气风发的村党支部书记陈曳媛，落落大方地站立在美丽屋场的那株大柳树下。一路上跟着她的脚步行走，沿着河道观山观水观稻田。东旺坪村成功跻身中央材料公益金项目支持的帅乡牧里农旅融合乡村振兴示范区项目的建设地行列内。全新铺设的游步道和相关配套设施，使得东旺坪村的优质稻田和旅游元素有机融合，擦亮了这片优质稻的生态底色，也绘出了乡村旅游的未来蓝图。

东旺坪村蜚声在外的"明星"，除了星夜兼程谋振兴的"铁娘子"陈曳媛，就数这五百亩连片稻田种下的优质稻了。从初始数十亩到规模连年翻番，从上门送购难到客商盈门抢，这口碑、这效益，都是用东旺坪村色泽晶莹、生态自然的优质稻米烹煮出的"一粥一饭"赢得的。

煮一锅东旺坪的米，热气腾腾的清香沁人心脾，是美味，是回味，更是品位。吃过多少地方产出的优质稻米煮出的米饭，东旺坪的米煮出的那一锅，穿喉而过的是万种牵绊，细细品尝的是万种思绪。这米，透着糯糯的香，缠着嫩嫩的柔，黏着舒舒的滑，浸着浅浅的甜。拌一口田里新拔的白灼油菜苔，这份即时、即刻、即景的满足感、享受感、憧憬感，像是放不下的恋人一般藏在心中、念在口中，欲语还休时，欲走亦还留。

受益于中央彩票公益金项目支持的稻米加工车间，机声隆隆，人影攒动。"家门口"就业的村民们摇身一变，变成优质稻米加工车间工人。这边按下机械按钮，将优质稻谷倒入储谷槽，那边终端出米口就迎出一粒粒优质稻米来。

全产业链生态模式种植，全过程不打农药，全领域施有机肥，赶上满坪充足的光照，上佳的水源。这东旺坪的米，如何不粒粒饱满？如何不颗颗香醇？

"这一坪好米。"正如时任张家界市卫健委驻东旺坪第一书记向良喜由衷感言："东旺坪的米，值得诸君寻味而来！"

妖气洞的茶

　　一峰峰，一簇簇，一岭岭，一界界。有其形如象鼻山、鸡咀山、女儿峰等巅峰绝景，绮丽无极，百态千姿。云雾缭绕，美不胜收。仿佛漓江桂林，又似桃源仙境。这里是桑植县廖家村镇妖气洞村。而我所缱绻者，乃云端而视空中茶园之妖气洞的茶。

　　妖气洞的茶，区域核心茶园面积逾五百亩，横亘北纬30度环山梯地峰林气候，独有海拔600米至800米的武陵山脉土壤土质；山中天然林木广为覆盖，植被繁茂丰硕含氧量高，温度湿度两相宜，黄砂土壤富含锌、硒等对人体有益的多种微量元素，恰似一处天造地设的聚宝盆。

　　据上了年岁的村民传述，妖气洞村千百年来野茶密布，山户人家采其芽叶煮沸取汤，饮之则百厄怯、百病消。由是老茶树沿采至今。而20世纪90年代初，尚氏茶人出桑入省，辗转传承，遂成湖南农业大学茶域资深教授名家。

反哺山村，大兴茶厂，妖气洞步入种茶制茶行列。兴茶园、建茶厂、研茶韵、储茶珍，三十余年，风靡湖湘。

初始茶株，植诸叶齐、碧香早，选用酸性砂土土质，历经茶一代、茶二代十余次修剪改良，全程不施农药，施用有机肥，叶嫩而芽，籍取茶芯，味有其古，推陈出新。冰美人，清汤茶，过三次摇青，出兰花香，茶味清雅，茶色透亮，回味悠绵，七泡留香。制白茶，则根据节令，萎凋走水，养茶烘干，选浓郁叶香。红茶则未品其味，先闻其香。其技卓卓焉，其艺巧巧焉，茶形、茶色、茶汤者，古味今传，无出其右。

及至茶类国奖、省奖不计其数，"制茶大师"四个烫金大字熠熠生辉，开茶课、入茶园、采茶叶、制茶品。其茶其味，或谓风物；其情其景，或谓茶乡。茶乡妖气洞，一年可采春、夏、秋三季好茶，借张家界旅游东风，远销北上广深和新疆等地。从远来求购到一杯难求，盛名长久远，品质论英豪。

众皆曰：品妖气洞的茶，小抿则怡情，深饮则迷醉。二三知己，茶盏清韵，饮而无忧也，乐而无穷也。常饮，则有返老还童之态；细品，则有倾慕渴仰之求；累饮解乏，醒心明目。何其神也！

予谓之究竟。妖者，妖娆之妩媚；气者，云遮之山岚。洞者，别有之洞天。妖气洞的茶，生于斯，长于斯，兴于斯。此间妩媚山岚，孕育世外茶园。这茶，值得品茗，值得回味。

上河溪的菜籽油

壁立千仞云缠树绕的奇峰下，是一片横贯两个村子的千亩油菜花田。春深的日子里，金灿灿的油菜花，把近山近水的目之所及装点上粉黄的主色调。潺潺的小溪发出叮咚的水流声，嗡嗡的蜜蜂悬停在油菜花蕊上，就连风起时的山林也传来响彻耳际的簌簌枝叶声。

这是坐落在桑植县上河溪乡的油菜地。四围一岭岭高耸的大山，将上河溪乡最肥沃最平坦的地块拥入怀里。山水相连的熊家坪村和东风坪村，倚仗着得天独厚的雾雨气候、富硒土壤、丰沛溪流，冬春种油菜，夏秋优质稻，愣是让一亩亩良田一年收获两季，赢得了好收成，过上了好日子。

上河溪的油茶花，有一种说不出的别样馨香。捧着一株怒放的油菜花，惊起在另一株花骨朵采蜜的蜂，振翅的一刹那溅起朝露和花粉，在旭日的折射下灿若芳华，艳丽极了。花田小径穿行着三五成群的行人，从各自携带的"长枪短炮"不难看出，都是被这正处花期的油菜田"诱惑"而来的，希冀用永恒的镜头记录徜徉在油菜花田里的那赏心悦目的难忘瞬间。

晴光错落，夏意初浓。收割后的油菜籽经过几番烈日的曝晒，或是有收购商上门收购直接"变现"，或是送到集镇榨油坊榨油后卖个好价钱，抑或是售卖一半自己留一半，也好好享受一下上河溪的菜籽油炒出的四季时蔬。

上河溪的菜籽油，因了原产地优厚的自然资源，其籽饱满，其香怡人，其味舒心。但凡外乡人经停上河溪，都会寻访农家订购一二百斤菜籽，再去集镇榨油坊现榨现取，生怕会被人更换成别处的油菜籽。

我端坐在这处采用古法压榨菜籽油的临街作坊，用前后近两个小时的光阴，直盯着作坊主现场按照最原始的加工方式，压榨出数十斤最期待、最正宗、最新鲜的上河溪菜籽油。

土炉生起了火，木柴禾的烟有些呛眼。作坊主把一百余斤油菜籽倒入炒锅，摇动着手柄翻炒起来。约莫过了半个小时，作坊主把炒干水分的油菜籽取出装在盛料盆，开动榨油机开关后，用铝制铲一铲一铲地朝榨油机上方储物池铲入油菜籽。伴随榨油机窸窸窣窣的压榨声，透着浓香的菜籽油顺着下方的出油口涌出，一串串清澈地流进储油桶。另一侧出口，则挤出一块块榨过油后泛着绿的残渣，我们当地人都唤作"菜枯"。

储油桶的油热气袭人，抑制不住的香飘荡在作坊的前街后院。作坊主打开菜籽油沉淀机开关，把储油桶的油全数倒进去。再过一刻钟左右，去掉绝大部分油菜籽残渣的菜籽油，就可以直接装入油壶了。

两壶温热的上河溪菜籽油装满，这份独有的原产地油香气还萦绕着久久不散。来年的春天，定然是想去上河溪看油菜花海的。等入夏了，大概又会心心念念这上河溪的菜籽油吧！

梯市的莓茶

　　溇水东流，汇澧水，入洞庭。亿万斯年，终不曾变。溇江之岸，老码头，新梯市。美轮美奂，方兴未艾。临江而眺，山崖巍峨。蜿蜒溇水，澄碧如练。听人常言："绿水始得青山，青山反哺绿水。"梯市莓茶，绿水青山相伴，其味怎可不纯真乎？怎能不淳朴乎？怎愿不敦厚乎？

　　一道岭，一面山，都是生态绿。一坡地，一丘坪，满是莓茶香。梯市的莓茶，依山傍水，与纯天然的梯市老村浑然一体，雾雨滋养莓茶株，艳阳普照莓茶藤，藤尖洋溢着勃勃生机，绿芽荡漾着盎然春意。一吐纳，一呼吸，仿佛竟能洗涤去泪沾襟的一身凡尘俗事。

　　千百年来，梯市是背夫的码头，是商贾的宝地。出湘入川，舟车劳顿，百年前的繁华还兀自刻印在青石古道上，久久流传。美丽屋场，乡村振兴，嬗变式的新颜，还依旧留存着老村古韵，点滴如诗。也许是缘了这些惆怅思念，才映衬出那徜徉在美丽屋场的缱绻乡愁，更兼有一株株一簇簇春风里抽了条儿的莓茶绿，醒也馨香，梦也馨香。

亭亭玉立的莓茶树挂着朝露，从不以居乡野而自摧，亦不以处山村而自坠。每一枝，每一叶，其香不曾变；每一藤，每一芽，其味不曾改。莓茶绽绿春风里，用大自然的笔墨绘就东篱下的"南山南"，目不转睛地停留在土家采茶妹回眸里、低眉时，铭记这一颦一笑、顾盼生姿。

梯市的莓茶，其味在真在情。唯有在真在情才能培植出最初的味。初味如初心，勾人羁绊愁。每逢远客至，梯市人必先筛初味如作的梯市莓茶。轻捻几根白丝入水，沁出的汤色淡雅，茶味涩甜，不品三巡，难抚惬意。品一杯梯市的莓茶，总让人思索一番，总让人遐想一回，总让人触景生情。正如古道上的那棵参天树，经年横亘在大道旁。行也遇见，停也遇见。

都说江湖再远　还是江湖。人之江湖，莫不如梯市的莓茶，无论风调雨顺还是风吹雨打，终不负梯市独有的低海拔高山雾雨气候，叠加富含多种人体所需有益元素的土壤，让择地而植的梯市莓茶嫩芽儿吸收天籁里的寂静和喧嚣，也有风雨也有青。

溇江岸上雾雨多，莓茶园里采茶忙。古铜色吊脚楼走出的一群土家采茶妹斜挎茶篓，让梯市莓茶的茶味更显一份妩媚，茶韵更多一份深情。最纯真、最淳朴、最敦厚的梯市莓茶，该是几多人的梦寐以求，又是几多人的朝朝暮暮。一藤尖，一芽叶，绵延着唇齿余香。这梯市的莓茶，怎一个回味无穷？

第七辑
实干兴邦

　　没有一个成功不需要付出。一切似是水到渠成，其实只是心中有民。上洞街乡的烟叶发展之路，何止是乡党委、政府一班人带领全乡干群夜以继日的产业谋划和产业实践，更是上洞街乡实干兴乡的最真实写照。

浸峪记

　　村口潺潺的溪流，绿了一座座青山。吹面不寒的西岭春风，紧随着迎面而识的黄娟，扎着马尾的笑盈盈的秀美脸庞，远方客在倾听一曲天籁般的桑植民歌里，饮一杯纤细的玉手捧递的土家拦门酒，一路上的风尘仆仆消失在无形中。花醉，景醉，人更醉。

　　溪边垂柳，迎风而舞，似在遥招手迎客来。路侧的并排花池一路延伸，繁花似锦着。美丽庭院的美丽菜园，竹篱笆装点着乡村新景，紫云英兀自芬芳吐蕊，满山的映山红和葱郁的苍翠森林，写满了封山育林后姹紫嫣红的原生态。深吸一口气，熙熙攘攘的杂乱无章仿佛全然抛诸脑后。这一刻，神清气爽，赏心悦目。

　　生态兴，百业旺。张家界市委组织部驻村第一书记毛新宇驻村后的第一项决策，就是统一村"两委"和全体党员及村民小组长、村民代表的意见。"封山育林"，守住生态底线，才能宜居宜业。"两山论"的理念深入人心、精准践行，在穿村而过的茶马古道的斑驳记忆里，换得浸峪的青山愈青，浸峪的绿水愈绿。

土家旧俗，依山而居。废弃杂物，陋习难纠。村务繁多，令行禁止。示范引领，制度先行。驻村工作队携手村"两委"同心、同向、同力，从粗略到细致，从一域到全局，深谋"浸峪六笺"，远虑"乡村善治"，高端规划、高位推进、高效落地，公益性岗位因户施策，村道组道洁净如洗；村"两委"因人定岗明责，大事小情互商互量；村发展齐决策共参与，共赢共享共富，实现了行稳致远乡村振兴的预期目标。

且不必说一丘壬优质烤烟地流转已毕，起垄已毕，覆膜已毕，只待烟苗移栽下地，丰收在望。亦不必说山岭上一坡坡生态黄柏林，村集体入股，职业药农培管，老木已壮，新林又生，梯地层叠，丰产在即。更不必说一栏栏"云上"养猪场定了养殖户，有了认购人，远程可监控，熟食更放心。尤其值得一提的是，浸峪村在全市村级首创先行先导的"云游浸峪·数字乡村"平台，书写了数字赋能乡村振兴的崭新篇章。

品乡土风味，来醉美浸峪。在古木参天的茶马古道入口，村党支部书记高德军笑逐颜开，浸峪南湾的民宿住客已纷至沓来，古楠餐桌的美味佳肴已竹林流香，添酒明灯喜开宴，乐了民宿客，赢得好口碑。村集体经济扶持引导村民也加入民宿队伍，从民宿一号到民宿八号，"主题党日"活动、工会活动和各类团建拓展活动等纷纷开展，吃土菜、看土戏、带土货，游人"乐而忘返"，浸峪"流金淌银"。

　　小桥、流水、人家，溪畔、竹楼、听蛙。浸峪春晓，春萌万物，晓知生机，勃勃焉，沸沸焉，如春之绿漫山遍野，如溪之源流水涓涓，如林之鸟鸣声在外。浸峪的此情可待，在浸峪村姑的文化展演里，在游人体验的篝火晚会里，在主题活动的如火如荼里，星星之火，正在燎原。山明水秀振兴景，醉美浸峪又一春。

上河溪记

仰山而林，林深而泉。桑植县上河溪乡，一个山林藏佳木，云隐泉叮咚的生态福地，一溪河，百泉沁，一溪景，百泉怡。清泉上河溪，清如止水，溪上留春。

青石古道，踏印留痕。远山雾雨响，近溪水流东。一徘徊，潭深见底，鱼若无人兀自游。一树柳，潭面浮绿，清波涟漪撼人心。静观则万籁俱寂，宣泄则百忧皆忘。宠辱不惊者，潭中倒影人。

古树数人围，衍生于溪畔，有参天之躯，附茁壮之干，阔叶繁生，枝繁绿茂，自隐于清泉之隐，自栖于万物之栖。不夺尘俗事，山野自青春。

巨石叠溪中，水绕巨石流。一波一浪，妩媚动人；一溪一瀑，经久传情。但凡渴仰之思，莫不是行经已累，口干舌燥，掬一把上河溪的清泉，瞬间渴解精神足。说什么瑶池玉液，说什么甘露琼浆，皆不如清泉石上流的解乏，亦不如临溪捧泉饮的酣畅。人生之乐，莫不是需而得之乐；人生之喜，莫不是渴而饮之喜。随遇而安，何遇之有？

古人常寻隐居地，盖因其心忧家国，而归隐谋良策。策出则报国安邦，隐世则独善其身。声动四野者，青史可留名。清泉上河溪，处武陵深处，旷天地之隐，出世避世，一念之间。处盛世，当报国。

春归翠远，雨过天晴。一湾长虹挂岭上，溪畔嬉水少年郎。野鹤青云，展翅欲高飞；白鹭苍松，凌空自远行。目之所及，心之所往，飞瀑如帘，清溪如带，环山环谷，豁然心舒。

堤河有坝，小积而深。清泉沃野，万象更新。美丽屋场，美丽菜园，美丽庭院，美美与共，常美常新；烟叶基地，油菜基地，果蔬基地，一村一品，水涨船高。寄怀总有志，为民抒此情。常念清泉水，无愧上河溪。

是为记！

上洞街记

实干兴乡。走进张家界市桑植县上洞街乡，扑面而来的新气象，是苦干、实干、巧干的多元素呈现。

卧云界村的山岭上，绿叶婆娑的是原始森林或次森林。经过一个冬天的洗礼，虽略显苍黄，却难掩虬枝的壮硕。虬枝在，根深叶茂的这片绿意，只会在春风里生长出更多的绿意。

林下的坡地，则是少有的早春黄。多少年来，数千亩坡地隐藏在灌木杂草里，远眺似是荒野。这确是抛荒地。曾经种过红薯、土豆、玉米的抛荒地，让依山住的村民们吃腻后，或南下务工，或搬至山下，去寻一个可以种稻买稻的新去处。年前年后，一台台挖掘机将抛荒地翻耕平整，让坡地展现出沉寂经年的原原本本的颜色。

麻洛村的坪里，连绵搭建起数十个育苗大棚。新组建的乡烟站负责人，新入驻的育苗技术员，忙前忙后地招呼着一群在家门口就近务工的村民们，为新一年计划要发展的几千亩烟叶育苗下种，注水追肥。育苗大棚承载的，何止是倾情的呵护，更是丰收的希望。

漂盘里，烟苗已经迫不及待地钻出营养土。嫩嫩的，绿绿的，如初生的婴儿般可爱。育苗技术员的眼睛几乎没有离开过这片棚，这片苗。再过一个来月，这些绿茵茵的烟苗就要移栽下地了。

烟地开始起垄。烟苗移栽前，一丘丘的烟地得抢抓农时起好垄、覆好膜、开好沟。垄上膜，膜上洞，才能移栽，才好生长。烟叶是喜旱经济作物，春夏雨季排水要畅。这些都是职业烟农的好把式。可不，上洞街乡的七个村，村村都引进了职业烟农，烟地这一趟趟春耕春种作业的记忆都比寻常人多上许多。

种烟是个专业活，专业人做专业事。上洞街乡党委、政府一班人深谙这个道理，所以从酝酿烟叶万担乡的这个产业规划开始，就对烟叶产业的全生产线进行了研判、研判、再研判。种烟的事，是职业烟农的事。职业烟农种出的烟一定是好烟。

上洞街乡党委、政府一班人，全身心投入护航职业烟农流转烟地其他领域的全过程。一个万担乡，离不开七个千担村。乡党委、政府迅速组建乡烟叶产业项目组，班子成员全部下沉村组一线，指导村级同步组建烟叶产业项目组，让烟叶产业工作主体队伍齐、责任明、任务清。从初始流转目标的千亩，到发力寻找至两千亩，到黔张常铁路临时基建区域复垦至两千五百亩，再到拓荒新增扩面至三千五百亩，一个新的烟叶产业万担村终于呼之欲出了。

慕名而来的职业烟农纷纷签订流转协议，交付烟地租金。即便是烟地用工，村集体也早已对全村在家劳动力登记造册，随时可以将职业烟农们的用工需求调配到位。

没有一个成功不需要付出。一切似是水到渠成，其实只是心中有民。上洞街乡的烟叶发展之路，何止是乡党委、政府一班人带领全乡干群夜以继日的产业谋划和产业实践，更是上洞街乡实干兴乡的最真实写照。

虎年的上洞街乡，未来最可期的一定是金叶。

是为记！

澧水记

　　我的家乡有条秀美的河，名曰澧水。跻身湖南四大水系之一的澧水，其中下游流经数个城市后汇入洞庭湖。我所居处，则是上游的澧水源。

　　桑植县崇山峻岭雄险奇，深谷幽壑多深潭，八大公山更是入选首批国家级自然保护区行列。一岭岭原始森林绿波如浪，繁衍着数不胜数知名或不知名的奇珍异兽。流淌在参天大树绿荫下的亿万斯年里，任山川迭变，而生生不息。

　　正是这得天独厚的八大公山原生态丛林秘境，见证了澧水源的万涓成水长年流。澧水源传说有三大处，澧水北源、澧水南源、澧水中源。地处八大公山自然保护区深处的五道水镇连家湾的蜿蜒溪流，是经科考确认的澧水北源。

　　澧水北源，曾经、当下和未来，迎来了或即将迎来无数批次的探秘人身临其境。溯源而上，满目风景。溢美之词，难叙其详。可谓是，水清鱼跃峡谷中，奇花异草入眼帘，空谷足音飞瀑有，重峦叠嶂一线天。

寻一处小潭，我浅浅地蹲下身子，掬一捧澧水北源的源头水，穿喉而过的甘冽凉沁沁的，要多畅快淋漓就有多畅快淋漓。华盖如伞，遮阴如春，一群无忧无虑的小鱼儿在潭清见底的潭水里游来游去。颇有些"此间乐、不思停"的意境。

这些年，受益于长江流域的禁渔政策，澧水全流域也进入了休养生息的阶段，每一条干流、支流都有各级河长定期巡河。作为肩扛澧水河道治理的各级河长，无论工作多忙，都要定期完成巡河护河的任务。把保护好澧水河道沿线的生态环境作为一项政治任务，不仅能造福百姓留下重要的水源涵养地，也能为子孙后代留下宝贵的生态财富。

"河长制"打通了河湖管护的最后一百米，有效夯实了助推"河长治"的基石。莫说野捕的旧时渔翁张网已待，各级河长定期巡河，以及属地的志愿者巡河队，也让这些河道上的陋习者偃旗息鼓。莫说炸鱼毒鱼的夜渔人，执法队伍的三令五申和露头就打，也让这些河道上的违法者消失殆尽。

条条绿水出桑植，"中国好水"在桑植。水清岸绿的澧水离不开岸芷汀兰的澧水源。澧水源头清如许，滚滚东流入洞庭。

是为记！

第八辑
心中有景

　　好想就这样停下脚步，在悠悠岁月里停驻。冥思，细想，人生很多哲理皆是悟出来的。悟了，必有所得。总有一些风景，过目不忘；总有一些风情，历久弥新。

印象南滩

　　梦了多少回，醒了多少回？每一回梦醒之间，脑海中都荡涤着同一个地方的影像。那是桑植县人潮溪镇的白石，是白石山巅巅上的南滩草场和山谷间碧波荡漾的南滩水库。原因种种，一直未曾成行。接到人潮溪镇邀约，赴我一直期待的白石南滩，这一回终于要圆梦了。

　　这趟县域内的远行，是值得期待的。记得早些时候，大约去年夏末初秋，我萌发了一个速写南滩的文学梦，用手中的笔，写一些南滩的文字。在桑植山水之间，南滩草场的名头是极响亮的。慕名已久，不身临其境一场，何日能绕过这份憧憬；不亲眼看见一回，何时能卸下这份盼望？

　　驱车行进，梦想飞奔。一处处村部的红旗迎风招展着，一树树的绿叶红花次第掠过眼帘。一抹抹旭日朝霞和一湾湾河流浅影，映衬着一山山直入苍穹和一行行雁过留声。更有茶圃里探手采茶的一群土家妹，化身可爱的"百灵鸟",将桑植民歌的袅袅余音,留在山谷中、山腰上和缥缈的云雾中。我正襟坐在车内,凝神静静地倾听。

人潮溪镇全境横亘在山里,山路如玉带缠绕着延伸。高处春深不胜寒,单薄衣衫打冷噤。好在午餐镇政府早已备好,只待客至即食。吃饱了,身体渐渐暖和起来,疲惫感也舒缓了些。从人潮溪集镇,经白石到南滩,还有一段看似不远实则不近的山路。见到南滩的水,我提起相机,四处取景。去一趟比省城还"遥远"的南滩,可不能虚耗时光。

白石的山不同于其他地方的山,甚至可以说南滩的山和白石其他地方的山都是不一样的。南滩的山如兄弟,一座座驻扎在一起,既有距离,又不遥远。南滩的山也如情侣,两两相望,脉脉含情。南滩的山,好似北国的辽阔草原,细草青青,牛羊成群。这山,有灵气。这山里的人,走出去就不一般。

白石的水不同于其他地方的水,甚至可以说南滩的水和白石其他地方的水都是不一样的。南滩的水如姊妹,一泓泓舒展在湖面上既宁静,又不孤寂。南滩的水也如知己,知无不言,言无不尽。南滩的水,好似西湖的花港观鱼,优哉游哉,念兹在兹。这水,有仙气。这方山水养育的人,走出去就是人中龙凤。

好想就这样停下脚步,在悠悠岁月里停驻。冥思,细想,人生很多哲理皆是悟出来的。悟了,必有所得。总有一些风景,过目不忘;总有一些风情,历久弥新。可不,这个春归的南滩之行,就是一场视觉盛宴和心灵洗涤。我的同游者,是否也一样呢?

澧水南源双溪渡

　　山峰缥缈在云雾里。藏不住的晚春雨，悄没声息就滴落下来。涓涓细流，在桑植县上洞街乡双溪村的拐弯处汇聚，从此有了澧水南源。

　　骤雨初歇，岭上的桃花杏花迎风开了，挂在崖壁上姹紫嫣红，妩媚极了。飞流直下的山泉，似急似缓地染绿了双溪河道上的一株株垂柳。垂柳一半在水里，一半挂枝头，总有些流连忘返的人停留，在河岸柳的风景里按下镜头的快门，记录着春末夏初的一抹抹回忆。

　　沿着澧水南源河道溯流而上，可以远眺入了云霄的一岭岭峰。豁出的一眼眼洞泉，川流不息地注入唤作麦塔溪和利必溪的两条小溪流，在双溪渡浑然天成地化身为江水不休的澧水南源。澄澈可鉴的清莹绿水映出一碧群峰的倒影，在微风轻拂下，或似凝寂，或似邃深，或似周游。

　　这水，想来可甜了。忍不住蹲在岸前，探下身掬一把，入喉的南源澧水冰冽冽的、淳漓漓的、静谧谧的，仿佛满腹心中事，遇见了意中人，可以毫无保留、无所顾忌地倾诉一般。

双溪村党支部书记邹进龙一眼就看到了澧水南源的生态商机。当初毅然决然返乡兴业的壮志豪情，让双溪的山岭下诞生了优质矿泉水品牌"澧水南源"。伴着天生一副好嗓子的"百灵鸟"刘赛倾情代言，天生好水澧水南源走进城市街巷和乡村农家，远销省内外。

曾经有段岁月，一叶扁舟泊在岸边，蓑笠翁时常独钓春江。船头木桶里，几条肥鲫活蹦乱跳着。倘或有人过渡，还会撑起竹篙，收两三块船钱，贴补柴米油盐酱醋茶。往昔的光景已矣，如今可快多了。因了家中三亩多地流转成烟地，一年千元租金几乎不值一提，务工每日百元的纯收入还管一顿饭，这才是惬意极了的神仙日子。

顺着蜿蜒的公路梯次而上，除了玉带一般的盘山路，满目皆是春上开垦翻耕的新烟地。双溪村坡坡岭岭的梯地，除了护林员终年守护的茂密山林，几乎全是烟地，一梯梯叠上云端。云端下，纵横交错的机耕道把一丘丘烟地串起来。立在路旁的永久烟地保护牌赫然入目，仿佛在静静诉说着双溪这个烟叶村的传奇。

远眺澧水南源的两条支流，细思量，不正是岭上源头水的滋润，才让这梯地沃野植烟苗，绿叶变金叶吗？也难怪蓑笠翁放得下鱼竿，成了烟地里的忙碌者。双溪村的烟地只是个缩影。这一年，上洞街乡举全乡之力，动员辖区七村统一步调发展烟叶主导产业，从上一年数百亩的烟叶种植面积，阔步迈入了三千余亩的规模。"七个千担村，一个万担乡",静待着金秋时节的款款来临。

自此,双溪渡的蓑笠翁成了这村这乡可待的追忆。澧水南源的水,也让双溪村的故事愈发悠久、悠长、悠远了起来。

心中有景皆山水

翻开书卷,油墨飘香。这部厚实的散文集,我足足阅读了整一年。不是这些篇章太华丽,而是字里行间皆朴实。不沉下心来,不挤出时间来,读不懂蕴含在文中的深意。因为这本散文集的作者是我的父亲——邱德帅。

这部散文集收录了父亲48篇散文,分为12个小辑。从标题入眼,就能明白这部倾注了父亲数年心血的作品集,是亲历的乡村即景,是留下的乡村脚印,是穿梭的乡村流年。

父亲是一个励志的人。从小生在农村,虽家境贫寒,却勤而好学,初中毕业那年顺利考取了国家统招统分的中专学校。毕业后,辗转了大半个中国,在有苦有甜的异地他乡奔波着。直到十多年前,返乡参加了乡镇事业单位的招聘考试,从此再未离开家乡。这部散文集,就是父亲乡村工作这些年的眼中所见、耳中所闻和心中所思。

父亲在漂泊时未曾怨天尤人，及至在乡镇担任公职人员后，更是满满的正能量。从就职财政所的会计开始，他就一门心思钻进了业务流程的深学实用中。从财经知识的"门外汉"，到顺利考取会计从业资格证，这里面满是艰辛和努力，不知有多少个早晨和夜晚他都在研读《会计基础知识》《会计职业道德》和实操《会计电算化》。那段时光，是他三十而立考取公职后的又一次拼搏。

他骄傲地将加盖了桑植县财政局公章的会计从业资格证递给我看。我明白，他的这些努力和辛劳，一方面是为了证明自己青春未老事业心强，一方面也是告诉我他的这些付出和坚持是为了我们这个家。

没有谁是天生的勤劳者，没有谁不想在无忧无虑中轻松漫步。可是，生活的担子千钧重，不靠自己努力，即使只是一座小山立于前，也无法逾越过去。父亲从前经历的苦和如今收获的甜，都藏满了他的孜孜不倦。

乡镇财政所的四余年，父亲沉下身子接地气，张开双目观河山，有了对基层工作更深层次的了解和领悟。赶上了乡镇党政班子的公选，他毅然决然地选择了参考。缺乏考试经验的父亲，冷静地查阅考卷细致答题，微笑着面对考官轻装面试，一个从未经过公务员队伍笔试面试洗礼的"愣头青"，硬是"过五关，斩六将"实现了逆袭。唯一遗憾的是他的工作地在十公里外的另一个乡镇。

"心中有景皆山水。"新工作就是好文章的源泉，他的创作迎来了"井喷期"。一篇篇书写乡村建设、乡村治理、乡村发展的散文，在报纸上、书刊上、网络上陆续面世。"为什么我的眼中常含泪水，因为我对这土地爱得深沉。"

父亲带着浓浓的责任感，在三农工作中迈开步子，为群众忧、为群众想、为群众急，办成了一些实事，收获了一些好评。

再后来，父亲又经历了一些工作调动，直到调入县城机关工作。可是，他对乡镇的那份真情实感始终装在心头，总会时不时地去乡镇走一走、看一看，用散文的笔触记下来，顺理成章地就有了这部散文集——《水墨桑植》。

梦萦五道水

　　山入云中，林深叶密。连绵的峰顶直插苍穹，阳光错落有致地飞洒在枝枝叶叶间。汩汩的清泉浸润着坡林的根，滴滴答答渗透着在山谷钻出的泉眼，成了桑植县五道水镇茂林掩映下百转千折、明澈见底的条条溪流。

　　天空忽而飘洒的雨，落在山谷里，化作升腾的雾，润润地弥漫在青山里。清泉也在雨后涨涌，从高处倾泻而下跌宕成瀑，汇聚成一条河流的源头，向东流去变成了湖南最秀美的水系之一——澧水。澧水源头的河道，就这么蜿蜒在五道水镇被簇拥的群峰下，清澈澈的、绿茵茵的，洄游的各色鱼类或在浅滩，或在深潭，惬意地游走着。捡一颗石子，就能丢出一叠浪花，惊出一队鱼儿。

　　河道上一个个大拐弯，拐出了一湾湾翠绿的深潭，潭里躲藏着当地人俗称"娃娃鱼"，书名唤作大鲵的史前物种。鲵源五道水，因游弋着只在最天然的水质下才能繁衍的大鲵而盛名久矣。大鲵，活化石一般的两栖动物，同时期的恐龙早已灭绝。由是在绿水青山间的五道水弥显珍贵。五道水的山几乎皆拔地而起，隔断了外部地质运动的侵袭，护佑这一方山谷，这里依然芳草依依，流泉叠翠，堪比世外仙境，成了大鲵亿万斯年的栖息地。

初夏暖暖的日光在正午时斜映河面，若是偶尔顺着河岸边游步道前行，总能见一回大鲵浮出水面来巡游，探着扁平的大脑袋左右观望，在水下不停滑动的四肢撑着似野生鲶鱼一样的身子漂浮着，灵动的鲵尾俏皮地搅起浪花，打破溪流中久久的静谧。

澧水北源的源头界碑，就立在五道水镇连家湾村的山坳溪畔。这块被清泉擦亮的金字招牌，让更多人知悉了五道水的水之纯，有了想亲自探访的执念。五道水的水，无疑就是官方考证的澧水源头的水。春夏饮冰冽，秋冬饮温润，五道水原住民的长寿秘诀，或是饮用这源头的水吧。

怪不得大鲵能在此地生生不息。有这澧水源头的水，大鲵自然安之若素繁衍着。更莫说人之追崇，莫不羡缱绻在澧水北源，听着深情款款的桑植民歌，伴着炊烟袅袅美味佳肴，一曲又一曲，一筷又一筷，闭上眼就是言不尽的舒适，穿喉过就是道不完的惬意。梦萦五道水，问君可想一探究竟呢？

第九辑
蓦然回首

　　上一年的芦苇似乎又枯黄了些，许多不知名的绿草野生正旺，顺着河风的轻拂摇曳着。泊在沙洲的扁舟，支起一竿遥长的钓竿，钓鱼翁静中垂钓，自得随遇而安之乐。偶有鱼线颤动，定是肥鱼咬钩。握竿提线取鱼，一气呵成，五七斤的肥鱼拾入鱼兜。捕鱼丰，钓者乐。

寂寞沙洲冷

　　风摆柳，雨潋潋，桑植县河口乡沙洲村的河道，历来是仙境里的妩媚江南。遇上倒春寒，夜袭一场遮天蔽日雨，如瓢泼倾盆而下，如洪流急急骤骤，转瞬便逼退晌午前的暖阳。骤雨如注奔波路，问君岂知是闲暇？苍生一盏清杯冷，可叹何人轻离别？

　　遑论河口，遑论沙洲，作为乡村奔跑者，每一个汛情即是命令。哪怕前一刻莺莺燕燕，后一刻已然争分夺秒。河口离城，不过七十里，却有多少娇妻望归期。沙洲虽近，一别未两宽，却有多少子女怀中泣。还有什么比牵挂河口更牵挂？还有什么比思念沙洲更思念？

　　人间四月，山花烂漫，雨后的沙洲村春色无边。河水涨起来了，河蛙鸣起来了，河流绿起来了，露出河面的滩涂。上一年的芦苇似乎又枯黄了些，许多不知名的绿草野生正旺，顺着河风的轻拂摇曳着。泊在沙洲的扁舟，支起一竿遥长的钓竿，钓鱼翁静中垂钓，自得随遇而安之乐。偶有鱼线颤动，定是肥鱼咬钩。握竿提线取鱼，一气呵成，五七斤的肥鱼拾入鱼兜。捕鱼丰，钓者乐。

水清鱼肥的沙洲岸，农家乐亦应运而生。亲友小聚，周末小憩，呼朋引伴赴沙洲，共听浪里滔滔，齐观山水自在，更兼品烤全羊，享田园风，食农家宴，乐而忘返，吾谁与归？甚或自吊桥，攀山岭，至西坪，一览溪河沙洲曲，绿野仙踪此处寻。沙洲生态美，美在一岭岭绿树婆娑。沙洲呼吸畅，畅在一湾湾绿水清波。

门前几亩稻，正是育秧时。沿着洁净的硬化路，接续直通田间的产业道，往来耕作，鸡犬相闻。依山居的一代代土家人，就这样在沙洲繁衍生息。从"户脱贫、村出列"打赢打好脱贫攻坚战，到昂扬阔步迈入致富路，时下的河口乡全域乡村振兴的序曲吹响了，农机下田，农人上岸，物理防虫，丰产丰收。多种粮，种好粮，成了沙洲新农人又一道靓丽的新风景。

日新月异的沙洲村，老房子陆续变小洋楼，院落里停着出行便捷的车辆。"引老乡、回故乡、建家乡"的恳谈会，让在外创业有成的家乡人筹划着返乡兴业谋发展。一个个热情似火的乡村振兴好项目愈加指日可待了。沙洲村，何谓寂寞，何冷之有？

"寂寞者"是河口乡的这些乡村奔跑者，毅然决然的离家逆行者归来无期；"冷"的是这些将河口乡民冷暖时时放不下的人，迎着倒春寒孤傲地守护安澜。"四面湖山归眼底，万家忧乐在心头。"寂寞沙洲冷，既然值得，终是无憾！

刘家坪的红军树

依稀如梦，时过境迁。桑植县刘家坪白族乡，那棵红军树下的红军道，一面面迎风招展的红军旗，映衬得拂晓的朝霞愈发绯红。挤满了干田坝的红军将士，他们整装待发即将战略转移奔赴长征路。我知道，这一别是诀别。虽几度哽咽，却泣不成声。

寒冬腊月的前山后岭，全是怒放的映山红。陈家河大捷、赤溪河大捷、南岔大捷，一个个烽火连天的战斗岁月，早已让军民鱼水情深。国民党反动派如坐针毡，调集重兵围剿。面对数倍于己的敌军的疯狂反扑，唯有从重重包围中豁出一道口子跳出去，开辟另一个新的革命根据地，才是红军再传捷报的战略出路。

田坎上、屋檐下、大树旁，一对对红军小伙和恋人们执手相看，泪眼婆娑。接过恋人亲手纳的一双双布鞋，"千层底"的每一针每一线都饱含着深情，就如同鞋面绣的那对鸳鸯一样。此时此刻，万语千言都重不过离别，都大不过相拥。

家家户户点起柴火燃起灶，炊烟从吊脚楼的屋顶袅袅升起。这些年轻的女子，紧赶慢赶地要为临行的红军小伙做一顿红军饭。吃饱了，红军才好出远门行军打胜仗。

这户红军树下的人家，正值妙龄的女子，一双纤细的手轻托着煮饭铁锅，接过竹管引来的山泉淘米。一块块切好的腊肉顺着砧板滑入灶锅里，翻炒的间隙拌入蒜叶、姜丝和盐巴，再放入些蔬菜就开吃了。土陶烧制的大碗堆满了飘香的腊肉，几碟腌制的配菜放在灶沿，夹菜的每一筷都迎着火辣辣的眼神。

这口红军灶已不知款待过根据地多少红军将士。有的已经长眠在这块土地，有的即将转战另一个战场开始长征。这顿长征前的离别饭，寄托了彼此几许的离愁和无尽的相思。多年以后，等红军胜利了，或许已然阴阳两隔，也或许还能相逢。

星移斗转数十年。那棵红军树依然如当初般巍峨高耸，在红军行经的地方屹立。虬壮的枝干，缀满生生不息的繁叶，一片片透着生机勃勃的青绿。五湖四海的一对对恋人，慕名来到这棵红军树下，用一帧帧镜头，记录来自远方的一趟趟虔诚和一份份忠贞。

时间煮雨，岁月不居。那棵红军树下，当年在红军灶为红军恋人亲手下厨的妙龄女子已然老去。"望穿秋水等不回，钥匙不到锁未开。"红军恋人牺牲在长征路上，辜负了她一辈子的执着守候，可以告慰初心的，是这盛世终如你所愿。

开门迎客的红军灶又点起了柴火，升起了炊烟。那一对对紧攥着双手的恋人们，幸福地依偎在时光里，徜徉于红军树枝繁叶茂的绿荫下，品味当年的那桌相思宴。

这一刻，理想照进了现实，恋人再无须别离。我知道，未来每一天当如此刻，那棵红军树下的朝朝暮暮，一定会游人如织，恋人满满。

笔架山的莓茶

　　云海浩渺，群峰如簇。繁枝吐绿的原始森林，在桑植县八大公山镇笔架山村的山之巅绵延远去。山前，则是当地村民唤作长湾的整片开阔地。夏日里的长湾，一丘丘透着馨香的莓茶，兀自在徐来的阵阵林风里摇曳。

　　长湾的这片茶园，便是早已声名远播的笔架山莓茶。出村道，过山岗，寻小径，到茶场。一片山坡一片绿。身着土家服饰的三五村姑，斜挎着茶篓穿行莓茶地，挥着巧手采摘藤梗藤叶。一低头万种风情，一回眸顾盼生姿，化身莓茶园此情可待的一道新风景。这道风景，无疑是笔架山的另一种茶韵。

　　笔架山的莓茶，不经意间就成了萦绕脑海念念难忘的缱绻奇珍。也许你喝过众多名贵的茶，但不能错过笔架山的莓茶。种在雾雨里，长在云岭间，海拔 1200 米的独有红泥、富硒土质、厚氧地域，并采用古法传承手工制作技艺，以至于每一根莓茶芽尖上、藤梗枝条上，都凝聚了天地日月精华，都蕴含了多种人体所需的微量元素。这些藤蔓形如龙须的笔架山原生态莓茶，正因为对人体急慢性咽喉炎、支气管炎、呼吸道感染有极好的改善，由是成了村民们口耳相传的"龙须茶""长寿藤""神仙草"。

热情洋溢的笔架山制茶人，取出刚刚加工装罐的新茶深情款款来待客。捻一撮裹着白霜的笔架山莓茶入杯，注入八大公山煮沸的山泉水，寻了半生的莓茶佳茗，你一品便是了。抿一口稍烫的莓茶，穿喉而过的茶汤先是浅淡的苦，后是轻奢的甜，让一路上风尘仆仆的辛劳感消失殆尽，替之悠长而舒畅的回甘，无声无息却密密紧紧地停留在唇齿间。偶然咀嚼一根藤尖，甜与涩交缠着，就像亲身体验一回人生的冷暖际遇。

我探手从装满莓茶的精美铁盒里取出些来，磕在手上细细端详。这笔架山的莓茶表层，无一不覆着一层天然蕴含的植物蛋白霜。村里的制茶人告诉我，这层莓茶炒制过程中演化成的通体白霜才是莓茶成品茶的精髓所在。

都说变迁的岁月流年总能把失去变成拥有。只有那种经历过颠沛流离的迁客，才最能够感同身受。时光兜兜转转，人生跌跌撞撞，回过头的体会，才算真真切切。拂一把盛夏里的汗珠，饮一杯笔架山的莓茶，深藏在心里头多少年的辛酸往事，或许都能在此时此刻彻底释怀了。

我端起新添了些笔架山莓茶的茶杯，续满八大公山煮沸的山泉水。累月经年，风尘仆仆。这一路的追寻品味，又岂可浅尝辄止呢？笔架山的莓茶，喝完这一杯，一定会再饮下一杯。

赵家坪的茶油

父亲孩提时最向往的，是奶奶用茶油炒的蛋炒饭。一勺油，一个鸡蛋，盛入自耕自种的稻米饭，从陶盐罐中取些盐粒加入，翻炒匀称了装入土碗。满口洋溢的茶油香弥漫在唇齿间，流淌着藏不住的爱。更何况这茶油，是从距离集镇数公里的赵家坪油茶种植户购来的，这就愈发显得珍贵了。

那时候，能隔三岔五吃上茶油蛋炒饭的，大抵家庭条件要略高于生活窘迫的多数农村人。缺衣少食的20世纪80年代，一年的几个传统节日，餐桌上若是能摆上一盘肉菜，几盘用赵家坪茶油炒制的时蔬，放在任何一个家庭，莫不如年关的盛宴那么体面。但其时的赵家坪茶油，靠着依山野生的油茶树，稀疏寥寥地榨出三五十斤茶油，自给自足尚不够，待价而沽终归少。这求而不得的缺憾，让一众缱绻者"才下眉头，又上心头"。

　　一憾三十年，时过境也迁。合乡并村的农村区划调整大潮，一个曾经广义的赵家坪，从约定俗成的地名定格为行政村名。桑植县官地坪镇赵家坪村的地域版图，自此从理想变成现实。新一届村"两委"一班人，迎着乡村振兴的序曲铿锵前行。谋发展，通村通组路成网，供水供电全保障。谋产业，烟叶上规增效益，就近就业收入高。多少小洋楼拔地而起，多少小汽车穿村过组。富起来的赵家坪村，把生态保护和生态效益看得一样重了。

　　"生态贵如油。"村党总支书记、村委会主任"一肩挑"的"当家人"掷地有声地说。生态就是宜居状态。如何破题？村"两委"、党员、村民代表多次召开研讨会、座谈会、会商会，邀请村里在外乡贤开"诸葛亮会"。要生态，不就是要"绿色银行"吗？要"绿色银行"，不就是要选取生态保护和生态效益并重的"绿色产业"吗？油茶，孩提时念念不忘的油茶，一树绿一年的赵家坪油茶，不就是最值得规模化推广种植的最佳生态型产业吗？

　　全村齐发展，户户总动员。最广泛的共识，让赵家坪的茶油以一种复古的姿态款款泛香迎来。荒坡荒地，哪怕是已然石漠化的荒坡荒地，也要种植一株株常年青绿的油茶树。从起初的零星散种，到如今的遍地油茶，从起初的作坊榨油，到如今的油茶加工厂，只此青绿的赵家坪村带富了更多的左邻右里。

　　赵家坪油茶果采用物理压榨法榨出茶油，从过去的陶罐，换装成设计精美取用便捷的玻璃瓶上市。赵家坪的茶油，用记忆里的原味烹饪佳肴征服着每一位食用者的味蕾，让生态食材从小众走向了大众，从赵家坪走向了省内外。

"一村一品"，蔚然成林的油茶林，生态保护和生态效益兼而有之，将赵家坪的茶油镌刻成大写的生态振兴地域符号。

突然间，父亲说好想吃茶油蛋炒饭了。起锅烧油，倒入赵家坪的茶油，扑鼻的馨香四溢，不禁又让人想起了那碗蛋炒饭，那碗用赵家坪的茶油炒的蛋炒饭。

第十辑
青葱吟唱

　　我站在观景台，静静地注视着芙蓉镇这处挂壁飞瀑。飞瀑上的河道水还是那么湍急，丝毫没有静下来的迹象。依山而建的古镇托起一栋栋往上紧促密集的土家吊脚楼。鼎沸的人声，让繁华了千年而不衰的芙蓉镇在依旧的瀑布涛声里延续着繁华。

芙蓉镇观瀑

　　早前总听人言，湘西永顺县的芙蓉镇是一座挂在瀑布上的古镇。一直想去看看。这不，趁着难得的假期，我跟随着家人的脚步，驱车数百里，直奔芙蓉镇。这个心心念念了许多时日的地方，终于次第映入我的眼帘。

　　芙蓉镇，盛名起于一部同名电影。电影在 20 世纪 80 年代上映后，让五湖四海的游人带着情怀，涌入这个千年古镇，或踱步石板街，或品尝米豆腐，或穿行土司王桥，更多的游人更想一睹芙蓉镇那挂壁上的飞瀑。

　　从桑植县城出发是下午四时许，抵达芙蓉镇时已逾傍晚六时。斜阳挂在远山的树梢，暮色开始洒满星空。顺着街心延伸开来的石板路，折射着土家民居垂挂的灯笼透出的光亮。熙熙攘攘的游人如梭如织，点缀着古镇的繁华夜景。斑驳的青石板写满了千年的古老沧桑，让一路上的游人们仿佛走进了亘古的时光里。

一曲曲土家族的山歌调，缠绕着土家吊脚楼的檐前檐后。街头巷尾的米豆腐店，溢出一缕缕独有的米香气，引来游人们呼朋引伴要上一大碗。那米豆腐，切成了方方正正的四方小块，伴着辣椒、葱花和香菜，以及众多不知名的土秘方，让舌尖上的陶醉感愈发浓烈起来。酥酥嫩嫩的米豆腐入口黏滑，辣味、香味充斥在喉咙里交融着，舒舒缓缓地滑入食道里。

步入摆手堂，编排精美的千年大戏轮番上演。土家溜子、摆手舞、哭嫁歌，数不尽的精彩纷呈，让聚精会神的游人们掌声如潮、笑声如潮。众多慕名而至的游客，被一股子新鲜感带入角色，呐喊声、尖叫声此起彼伏，心潮早澎湃不已。

而芙蓉镇的精髓所在，无疑有挂壁飞瀑的一席之地。穿过土司王桥，行经青石古巷，在突兀的悬崖上开辟了一处观景点。举目下眺，河水在横断如挂壁的一处高点倾泻而下。其时，正逢雨季经停，万涓齐聚，溅起千重浪，珠飞如骤雨，坠进深潭里，汇入猛洞河。

那瀑，混杂着泥黄，在高高低低的挂壁上，如拉开了帘布，在灯火阑珊中急促地奔流着。上游不停歇地注入源头水，头也不回地来到挂壁上一跃而下，成就了千百年来不改的飞瀑美景。挂壁瀑布上的河道太湍急，容不下渔人舟、摆渡船。于是乎，除了挂壁飞瀑下主河道上船来船往，其他地方断然是觅不见一条船的踪影的。

我站在观景台，静静地注视着芙蓉镇这处挂壁飞瀑。飞瀑上的河道水还是那么湍急，丝毫没有静下来的迹象。依山而建的古镇托起一栋栋往上紧促密集的土家吊脚楼。

鼎沸的人声，让繁华了千年而不衰的芙蓉镇在依旧的瀑布涛声里延续着繁华。

离开观瀑点，离开芙蓉镇，这挂壁飞瀑的奔流激荡似乎还未远去。这个夜，虽疲惫不堪，可在芙蓉镇观瀑的记忆似乎如相机的胶片定格，我注定已然无法忘怀。

春归六耳口

寒冬一过就是春。趁着天气晴好，再一次来到桑植县沙塔坪乡六耳口村，欣赏一番春归六耳口的景象。

六耳口村是个"网红村"，网络上颇有些印记。这里的山与水，这里的柳与桥，都能找出歌咏的文章。带着忐忑，也总想捕捉些六耳口的春归画面。

六耳口村山环水绕，一座水库蓄起了一座绵延数公里的天池，春风拂过，碧波叠浪，绿茵茵的如一条蜿蜒的玉带。"云海近苍茫，层岚拥深翠"，这是宋人朱熹的诗句，其意境像极了六耳口的天池。

河道两岸，柳树已发新枝。一簇簇嫩嫩的柳叶，试探着伸展出娇小的身子，写满了初春的缱绻。再过些时日，就该吸引来许多热恋的人儿执手伫立在柳树下，目之所及，万条垂柳的倒影铺满了六耳口的整条河道。

春日暖，河鱼肥。泊在岸前的扁舟，船舷上歇了几只鸬鹚。渔夫提了满满一桶鱼去了早市，这会儿怕是早已售罄了吧！听同行的人说，六耳口的活水鱼远近闻名，要想尝鲜，要么赶趟早市，要么托些关系，不然即便出高价钱也不一定能买得到。

坝下是典型的丘陵地貌。满山满坡的地头，全是这几年新植下的油茶。树龄虽不甚长，长势却颇喜人。惊蛰前后，油茶种植户刚补了春肥，清了排水沟。油茶和煦地徜徉在暖阳下的春风里，枝头繁多的花苞还很羞涩地潜藏着，紧紧地闭合成盛开前的样子。再过些时日就该开出一朵朵白色的油茶花，结成秋日里一粒粒饱满的油茶果。这片原生态的油茶林，出产的油茶品质上等，线上线下十分畅销，已经富裕了一大批油茶种植户。

小籽花生也是六耳口村的优势主导农产品。眼看着花生种要下地，那些小籽花生种植大户纷纷忙碌起来，有些在剥壳备种，有些在翻耕备地，有的在农资店备肥。春种秋收，六耳口的小籽花生也成了当地人的致富果。

春归六耳口，到处都呈现着春天的气息。

粽香五道水

谨以此文，献给我的师友们。祝福端午安康！

——题记

端午至，吃粽子。莫笑农家腊酒浑，粽香飘来更诱人。粽香五道水，粽乡五道水。

澧水北源，生态原乡。云蒸霞蔚，惬意徜徉。湘鄂大界，会盟之地。延绵兴六畜，百草更如春。万古长青地，千年土司城。山野多粽林，粽叶长青青。桑植县五道水镇既是民俗老镇，又是民歌古镇，亦是粽叶大镇。

端午佳节，千年尝粽。宁可食无佳肴，不可端午无粽。一家一户炊烟起，一叶一粽总关情。山民造取村田糯稻，瀑顶山泉，幽谷粽叶，加入腊肉丁、红豆米、黑芝麻，入灶锅沸水蒸煮，出锅即食，入口香汁，可甜可咸，余味悠然。

粽林绵延，自古而今。每年冬春，粽叶铆足了劲生长，吮吸山泉，植根沃头。每年夏秋，五道水的粽叶铆足了劲泛绿，牵手粽农，走出大山。探手选叶、叶柄发力、一叠一扎、规范采摘的技术要领，粽叶挑选、捆扎、分级、打包，准备装车外销。

五道水全域盛产优质粽叶，有野生粽叶基地 8 万多亩，有人工种植粽叶基地 4000 亩，全镇年生产加工粽叶超 6000 吨。作为全县生态粽叶主产区，五道水镇执政者因山而措，因粽而谋，主动对接市场主体和技术人员，做足绿色产业崛起文章，保护性开发原始粽林，辟步道，畅通途，让采摘更便捷，鲜叶更原味。开拓性推广人工粽叶培植，重扶持，送技术，让尺寸更标准，规格更上乘，打通了粽叶产业发展的"最后一米"。自此粽叶更香，粽客更多。粽叶兴，粽农富。

绿意盎然的五道水大山里，随处可见成片密布、香气扑鼻的富含大量人体有益叶绿素和多种氨基酸成分的粽叶，品质好，香气浓。山居吊脚楼，山林打叶声。醉卧松涛里，诗话为谁吟。过五行山，眺五峰山，听禅意，了无尘。兴社稷，忧黎民，粽乡五道水，粽香不了情。

粽叶出深山，清香扑面来。轻解绿叶糯是甜，一呷小口樱桃唇。美其美者，乐其乐者。闻其香，享其味。"粽"有千山万水，粽乡还是五道水。

古筝一曲意阑珊

　　小区楼下，新近开了家美发屋。店主约莫三十来岁，因洗剪吹价格公道，一直客流如梭。我们比邻而居，自然也是常客。日子久了，渐渐熟了，也倾听了她的些许故事，她的励志经历。

　　她的家中算不得殷实，书念得也不多。每每仗着自身古学厚实，在她面前引经据典，都能不经意地见到她的神情不太集中，或是顾左右而言他，或是答非所问。甚至于有一次又说一些文字的事，她突然说"下回你找些好书来，我想读一读"。那一刻惊诧了我。这个脸上写下了沧桑的女子，在忙里偷闲的如水日子里还能说一句"读书"，让我这个曲曲折折书写着文字的人"刮目相看"。

　　我虽然还在写作的路上，可是总在徘徊着写写停停。对于读书，除了课件书籍，更加稀少了，除名著和好友的新著之外，几乎不再翻看任何一本书了。这样一个整日忙忙碌碌的女子，居然会有此一念，撼动了我的这颗几如止水的心。

我不忍冷落这个坚毅的女子。曾几何时，我的父亲也曾颠沛流离地奔波在省城、京城，尝尽了心酸冷暖才回到故乡。如今安逸了起来，那份当初的坚毅反倒慢慢消退了。我想做些改变，开始留意收集好书，讨要好书，想给她送一些可读性强拿得出手的文学书籍。桌上的书越堆越高，可我总觉得还不够厚重，还没有转递给她。想着再等等再转递，看能否再收集到一些更经典的书籍。

于是，每逢我去她店里洗头发她问起这些书，我都说再等等，还在找。有一回，正赶上她从店内的杂物间搬出个物件——一盏落了灰尘的古筝，我就撺掇着要她弹奏几首听听。她轻抬着手，拿一块方巾，蘸了些水，边擦拭落尘，边答复着我。

"你说拿几本书让我读的，过了多久了还没见到。"

"我是想读几本好书的，好书里都有好故事。"

"小时候如果多读几年书，也许我的生活会和现在很不一样。"

听着她的絮絮叨叨，我能感同身受。那些年的漂泊，父亲何尝不是一样。不是回到老家的机关上了班，父亲的这份酸楚何时会是个头呢？

或许从她弹奏的古筝曲，可以读出她从没有说过的淹没在记忆深处的故事。我执拗地坚持着要听一曲。她拗不过我，极为勉强地应承了。

弦音拨弄，筝鸣贯耳，一曲《女儿情》如泣如诉。看她巧手灵动，丝毫无风尘所染；一弦一柱，荡起风铃漾起心。高高低低、舒舒缓缓，纠纠缠缠、辗辗转转，那些逢人说不得的历历往事，莫不沉浸在这筝曲中，只能懂得，却说不得。古筝一曲意阑珊。此刻，我似乎明了，有些人的有些事，注定了是要深藏于心的，说出来也已惘然。

回家之途，我暗暗告诉自己，说好转递的书要趁早，可不能食言了。毕竟，这个想读书的人，我觉得她是真的想去读。

第十一辑
人生走读

冬春的一丘丘油菜田，夏秋的一丘丘优质稻，土家人的农耕记忆，就似田间地头的土家号子，还在民歌寨日复一日地演绎着。农旅融合好收成，让民歌寨的风景美起来了，让陈家坪的村民富起来了，更是让"看得见山、望得见山、记得住乡愁"的生态底蕴留存下来了。

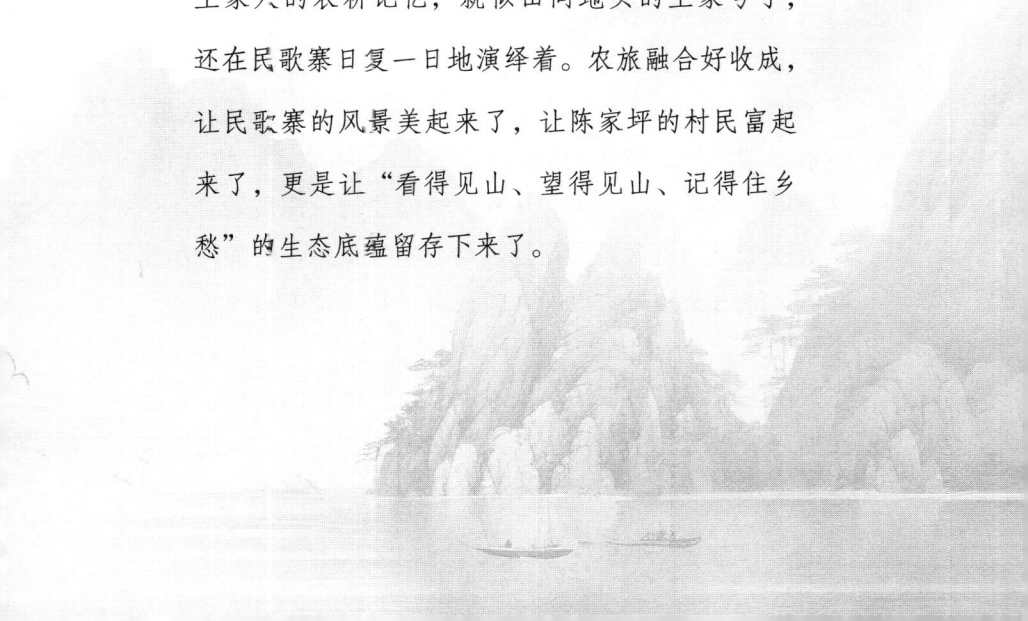

速写陈家坪

　　说起桑植县闻名遐迩的"网红打卡地",地处空壳树乡陈家坪村的民歌寨当仁不让地位居重要一席。每逢周末,或者赶庙会、文化大赛等活动举办之际,这里都会人声鼎沸,川流不息。徜徉在这里的每一刻,民歌声、心跳声、呐喊声,震撼着现场的每一个游人。

　　论远近,这里离城不过十多分钟车程,最适宜周末游、亲子游、休闲游了。论品位,这里民歌声声、绿意浓浓、河水潺潺,最适宜听民歌、深呼吸、观山水了。论文化,这里更是将党史、农耕文化和"美丽屋场"深度融合,山川植被是景,屋舍俨然是景,鸡犬相闻是景,既能陶冶情操,又能增长知识,更能开阔视野,是我辈值得流连的一个好去处。

　　在陈家坪村口下车,步入土家风情浓郁的牌楼,行走在横跨汆水河的景观桥上扑入眼帘的是仿古土家风的凉亭和水车。三五成行的游人，或伫立在凉亭内听风生，或停留在水车旁眺水起，惬意极了，舒爽极了。人生不过百十年，风生水起在眼前。

顺着游步道前行，溪流淙淙，修竹根根，奇花异草，野生遍地，仿若一瞬间步入了远离喧嚣的隐居地，可以两耳不闻窗外事一般。屹立于前的是集餐饮、住宿、研讨等功能于一体的接待娄，此一时人头攒动，或许是有远方来的游学之人、拓展之人、集训之人吧。这些配套功能的完善，让民歌寨的文化风更盛了，陈家坪的烟火气更浓了。

迎风招展的红旗，一面面党史展板，顺着溪流小径往前延伸去。说起民歌寨的发展历程，其实就是一部陈家坪村的变迁史。陈家坪村一望无垠的平坦开阔地，亘古以来就在氽水河岸休养生息。冬春的一丘丘油菜田，夏秋的一丘丘优质稻，土家人的农耕记忆，就似田间地头的土家号子，还在民歌寨日复一日地演绎着。农旅融合好收成，让民歌寨的风景美起来了，让陈家坪的村民富起来了，更是让"看得见山、望得见山、记得住乡愁"的生态底蕴留存下来了。

一群志同道合的年轻旅游从业者，带着返乡创业情结，带着反哺家乡情结，带着致富带富情结，规划着民歌寨的农旅融合提质升级建设蓝图，投入资金、整合项目、对接市场，让焕然一新的民歌寨名声大涨，让陈家坪的关注度也随之水涨船高。

随着陈家坪村乡村旅游的崛起，民歌寨还承办工会活动、"主题党日"活动和拓展活动等，将接待设施、服务内容和体验活动全流程市场化包装运营，让"绿水青山"成为"金山银山",让游人们有了好去处,也让陈家坪村的村民们有了在"家门口就业"的稳定体面好岗位。

行走在铺着石子的乡间路,一溪清泉东流去,尽情地闻着油菜、野花、绿树散发出的田野独有的馨香,问君夫复何求?观山、观水、观自在,可谓是"身在陈家坪,难忘民歌寨"。

探春穴虎洞

此前，并未去过穴虎洞，也从未听说过这个地方。一次偶然，听人提及这里的人和事，才萌发了去走一遭看一看的念头。

驱车行走在蜿蜒的云端路，透过车窗俯瞰澧江水，才领略了这个村寨的高远。好在步入眼帘的那一簇簇如云的峰和一丘丘茶园的绿，挥去了一路上的疲惫和失望。原来，这穴虎洞村的春意已能让人顿觉不虚此行。

桑植县洪家关白族乡的村子，都诸如穴虎洞村一般，寻不到几处平坦地。不是群峰中豁出一道峡谷，就是丘陵上堆叠几座山岭。山路盘桓着绕山绕水，在云雾的升腾缭绕里上演着春夏秋冬。穴虎洞村的四季并不例外。云水间，远山如黛，像极了泼墨山水画卷。可我的眼中，更多的是这山茶园，这片梯地上的茶圃。

时任穴虎洞村的第一书记叫向宏亮。没有他，三年前的穴虎洞和三年后的穴虎洞没有什么两样。看不到一株茶，采不到一片茶，也品不到一杯茶。没有灌渠的源头水，就种不了稻子。梯地不是抛了荒，就是种些杂粮。日子和从前一样，一成不变地演绎着。可向宏亮闲不住。作为乡产业办主任，让自己顶着第一书记的头衔，村里却没有一个拿得出手的主导产业，岂不是让人笑掉大牙！

他矗立在梯地上思索着。远处的峰林，隐隐约约、或浓或淡，缥缈在云雾里。高山云雾出好茶。可不是？豁然开朗的向宏亮立刻打定"九头牛也拉不回"的主意，暗下"排除万难也要发展生态茶"的决心，义无反顾推进流转梯地、筹措资金、引进茶苗的鼓与呼阶段。试问这片梯地这片景，不正适合走一条茶旅融合之路吗？

让人难以置信的是，时年五十六岁的向宏亮，居然有着三十六岁的闯劲。接下来在上门入户、招商引资、引进茶苗的过程里，经历了多少个苦口婆心、唇枪舌剑、不眠不休，或许只有向宏亮自己最清楚了。所谓的"白＋黑""5+2"已是家常便饭，村民们被这个年近六旬即将退休却仍在全心全意为穴虎洞村产业发展寻找出路的老干部深深感动，一户户的梯地流转协议，一家家签好字归好档。水到渠成的，除了向宏亮多方奔走争取引进的茶叶公司入驻，还有优选的保靖黄金茶苗移栽入地。

一晃就是三年，茶苗已成茶树。春风一夜，穴虎洞村的春茶萌芽了。一行行探出"一芽一叶"的茶株，引来三五成群娴熟采摘的采茶女娴熟地采摘芽尖。春茶上市了，泡一壶新茶，茶香四溢，入口留香，饮者的赞叹声不绝于耳。辛苦，终不会白费。我站在春光明媚的山梁上，看这满山透绿的梯地黄金茶，仿佛每一株都化成了摇钱树。可不？往后的每一年，这片茶园都将是丰收的每一年。

春归穴虎洞，有这山黄金茶作证。"如果村里的产业发展有需要，我还愿意接着干下去。"临行之际，明年就将年满六十岁的向宏亮对我说，不如约好下一个采茶季，我们在穴虎洞的黄金茶园里再会。

作别穴虎洞村的青山茶园，虽然不舍，却有诸多可期。

马龙山的茶

　　但凡提起桑植县的高山有机茶，总绕不开的是八大公山镇岭上岭下的万亩茶园。当你踏足八大公山镇去品茶，总绕不开的是马龙山村雾雨滋养出的生态茶。

　　我站在马龙山的茶园里，漫山遍野皆绿。一丘丘、一行行、一株株齐腰的茶圃，从山的这面坡延伸到山的另一面坡。而下一座山，还是茶山。

　　春茶也有两季。清明前后，马龙山村的茶仙子们着一身华丽的土家服饰，斜挎着山竹编成的茶篓，婀娜地穿行在茶园里，探着巧手娴熟地采摘一芽一叶。那衣袂飘飘，伴随着百灵鸟般扣动心弦的桑植民歌曲调，让人除了沉醉还是沉醉。到了手工茶采摘接近尾声，就是机采茶上线。收茶机套着长长的收茶袋，或许一盏茶的工夫，上百斤的大众茶鲜叶就已尽入圆鼓鼓的茶囊中。

　　马龙山村的两种春茶，制茶工艺也是大不同的。一叶一芯制成的高端明前茶，靠的是村里的土家妹那双巧手，支一口灶台铁锅，燃起柴火生起文火。鲜叶入灶后，一揉、一搓、一翻、一炒，这往复循环里的连贯动作，让一叶一芯的品质写满了一低头的温柔和一抬手的深情。若是有幸在现场，那一幕幕茶仙子的制茶场景，或许会是这辈子也无法淡忘无法消逝的"回忆杀"。即使是机采茶，也是一条让人赏心悦目的原生态加工场景。茶台上洁净的麻布摊铺着鲜叶，翻滚的炒茶机透着火焰红，装好袋的干茶再分拣成即将流通入市的小包装。

马龙山的茶是不愁销的。品质是最好的金字招牌。马龙山的茶园从不施农药，一年四季全天候通过物理技术防虫，一遇春茶、夏茶、秋茶采茶季的空隙，或是冬日农闲，茶农们就张罗着清沟除草、修剪茶株、施有机肥。这些满岭绿意的高山茶，可是马龙山茶农的"摇钱树"。心心念念了这么多年，也采摘了这么多年。

"一两茶一两金"，这山好茶，是五湖四海的品茗人最远的期待和向往，更是这些年马龙山村党支部书记雷国晶带领一村茶农最近的等待和守候。付出的每一滴汗水，都有这山好茶为证。

茶如人生，可品百味。我迫不及待又怦然心动地轻轻揭开茶罐盖子，捻出马龙山的一撮明前茶放入杯中，倾入一壶滚烫的山泉，清冽冽的茶汤泛着绿，茶香瞬间弥漫整个屋子，仿佛这茶日积月累的"潜移默化"，也能浸润得连这座吊脚楼的飞檐也生出了古色古香的味道。细品这杯茶，先是透出一缕醇醇的淳厚感，紧接着化成了糯糯的茶叶香，穿喉而过的既有浓浓的茶味，又有淡淡的回甘。这唇齿间的香与甜，让我顿然忘却了一路奔波的疲累。

回程的时候，我回眸再望，马龙山的茶园沿着山岭绵延，沿着山路蜿蜒，染绿了这方生态秘境。饮过了马龙山的茶，一路上神清气爽。我已不虚此行，问君何时来品这好茶呢？

青龙礼赞

出桑植县城，至桥自弯镇，驱车不过半小时车程。沿途山环水绕，更兼一条崭新的柏油路路阔通达，让车窗外流动的风景目不暇接，满是静谧，满是温馨，满是回味。从集镇转向谷罗山，路渐崎岖，愈加蜿蜒，导航仪显示前方抵达青龙村。

赴青龙村，仅此一回。一级一级梯次而上的梯地，顺着硬化路往山腰、山顶奔行。秋收后的梯地，一株株傲然挺立的烟秆子迎着风，顶芽有些尚未凋零的烟花斑驳着，烟兜有些趁势长出的烟叶摇曳着，从山脚蔓延到山顶。

桑植县交通运输局驻村帮扶后，青龙村烟叶产业实现"井喷式"发展。从起初数十亩到如今600亩，每一块烟地的耕耘都有一个沉甸甸的感人故事。"自古青龙路难行，云上山岭听猿啼。"多少年来，青龙村人靠着两条腿出门赶集，跋山涉水早出晚归，遇上肩挑背负，就只好紧赶慢赶，也才能勉强一天里一个来回。

"要想富，先修路。"县交通运输局党组一班人多次下沉青龙村一线办公，会同桥自弯镇党委、政府共商共议共决，听取驻村工作队意见建议，毅然决然将关系到村民产业发展、安全出行的修路大计纳入重要议事日程，让村民从巩固拓展脱贫攻坚成果同乡村振兴有效衔接战略践行过程中享受政策红利和致富机遇。

线路勘测、线路规划、线路立项、线路施工。每一个农村公路建设的工程环节，都推进紧促而程序严谨。有些道路可以沿用老村道，有些道路需要重新改线，有些道路要新砌石墙，有些道路要借用山脊。这些路上的震撼感，不身临其境，则难以体会。

最忙人间四月天，从这时起，这些赶着倒排工期的峥嵘岁月，分解成勘测、规划、立项、施工过程中的点点滴滴，用一帧帧施工人员的手机随拍、观摩村民的立体跟拍，以及驻村工作队的资料连拍，永恒地记录在镜头里。而完美呈现在青龙村的那条通达路，让村民的畅行梦更通畅，产业梦更可期。

青龙村依山脊立村，岭上岭下光照充足，海拔、土壤、气候等自然资源得天独厚，适宜规模化发展烟叶。驻村工作队在局党组大力支持下，积极响应县委、县政府和桥自弯镇党委、政府发展烟叶产业的号召，在破解交通出行瓶颈基础上，上门入户总动员、技术指导到田间，并争取配套集群烤房项目建设，电力设施、供水设施等产业基础设施保障，让烟农发展烟叶全产业链吃下一颗"定心丸"。烟叶收购季，青龙村送购的烟叶色泽好、质量高，还挺压秤，预计总产值达 350 万元左右。

　　青龙礼赞，要赞青龙村的这条出村路。路通了，产业就旺了。青龙礼赞，要赞青龙村的这片黄金叶。顺着四通八达的产业路，烟叶就有了好收成。青龙礼赞，要赞新时代的这群奋斗者。逢山开路启新程，发展产业强根基，脱贫成果更巩固，乡村振兴谱新篇。

第十二辑
不语曾经

　　有很多理想可以实现，有很多愿望可以期待，有很多前途可以畅想，有很多未来可以规划。虽然，一切都那么不真实，但开弓没有回头箭，只能硬着头皮迎着朝阳去奔赴了。

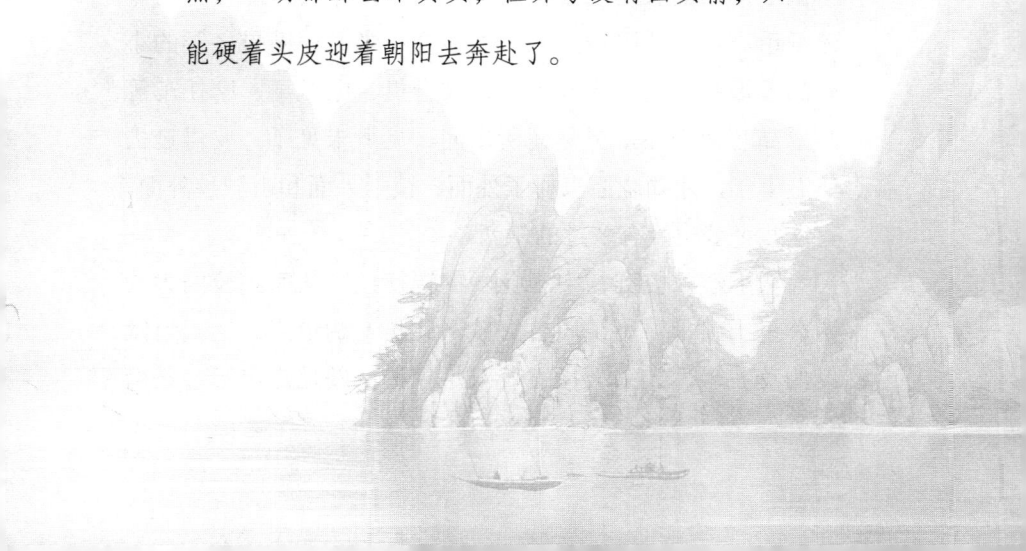

父亲的远行

从呱呱坠地，到求学远行，父亲的足迹从未离开过这个山区县。四围高耸的山峰，如同一个个压抑的"五指山"，让父亲的思维局限于乡村的童年所见所识中。没有灯红酒绿的莺歌燕舞，没有大气磅礴的高楼林立，只有沿街零星分布的低矮木质或土质的老房子，伛偻着构成了一个偏远落后的农村场景。这里要购买些零食，即便有些零碎纸币，也只能购得一些诸如酱油、米酒、糖果之类的小商品，那些貂皮大衣、电视、收音机、电风扇、摩托车等时髦高奢消费品，更是闻所未闻、见所未见了。要再过去三五十年，才知晓原来村子外面、镇子外面和山城县外面，有这些个梦也没有梦过的东西。

从小学入校到初中毕业，辗转行经在从家到校的大约两公里土路上，用足履也碾压出硬实的阔道来。这阔道宽度约莫三米，人来人往靠着双足穿梭，硬是走出了一条街道。逢上赶集的日子，四面八方各个村子里的人，总会背着背篓，推着拖车，到集市上买些家中正缺的菜刀、筷子、汤勺等物件，抑或是到摊位上吃一碗甜酒汤圆、馄饨水饺、糖油粑粑等尝鲜食品。尽数奔着家中缺少的去买，尽数本着口里正馋的去吃，然后从腰间的暗袋里抠出用胶纸或布条严实裹起来的钱裹，一层层翻卷开来，吐一口唾沫，一张张翻开，抽出所购食品需要给付的钱数，舍不得给却又不能不给地递到摊贩手上，而后带着遗憾离开集市，迈出腿紧赶慢赶地奔回家里。

彼时我终未曾谋面的爷爷还健在。我的爷爷就和这集市上来来往往的芸芸众生不差分毫，都是这般做派地去购所需，去吃所馋。父亲在爷爷的熏陶下，也"遗传"了一段时间的小家子气。他仿佛是个"守财奴"，他的父母偶尔趁着有些余钱给他三两角零花钱，总是舍不得早早地吃吃喝喝用掉，而是也照着周遭一模一样的人群那般，用胶纸卷着裹起来，藏在裤子的暗袋里。一边藏着钱，一边暗暗窃喜，父母终究没有当自己是外人，既给了零花钱，又缝制了裤子暗袋，可以将这些实则少得可怜却总自以为然地当作富可敌国的纸币，自豪地塞进裤子暗袋里。裤子暗袋里藏了钱的日子里，是雄赳赳气昂昂的日子，是放眼四海皆豪迈的日子，是童年最值得回忆的日子。

有钱了，当然少不了要用掉钱。即使再少的钱，也是用胶纸层层裹起来折叠好的，可到市场选购自己称心如意的物件的钱。这些物件，以解馋的食品居多，如馄饨、饺子、甜酒、汤圆，可以分开来吃馄饨、饺子、甜酒、汤圆，也可用加在一起吃馄饨饺子，甜酒汤圆，只要暗袋里抠出的钱足够，就不在乎这些叠加分量叠加支出的事。只是偶尔也有一段时间因父母没有多余的钱而囊中羞涩，这时就只能浅浅地要一碗甜酒解解馋。毕竟这些食品里，单点的类别只有甜酒的价格是最低的。诚然，果腹的效果也是最差的。当自己的钱不够时，又能有什么办法呢？

　　学校里除了寄宿生，走读的学生也是没有饭吃的。要么早上起得早早的，在家让父母做好饭菜吃了再上学，要么来不及在家吃，把头天晚上做好的到铁锅里热一热，用个椭圆形的铁饭盒盛着，到午休时间找学校教师讨些热水冲泡一下，硬硬地咽下喉咙吃进肚里。只要不饿，就能长身体。住在小镇上，总比住在更远山界上的寄宿生强很多。寄宿生远没有走读生那么惬意，年纪小就要隔一周才能回一趟家，见一次父母，还没来得及温存又要迈开步子走上几个小时到学校里去。路上的时间也不轻松，要肩挑背驮着。大米是用来换饭票和彩票的，瓶瓶罐罐的装的是酸玉米粉、酸豆角或有几块腊肉腊肠，一路上伛偻着年少的腰杆，强撑着到了学校宿舍。若是太爱整洁干净，铺盖被子换得勤快，那肩上的担子就更重些了。唯一比走读学生要强的，是每一餐都是热乎的，每一餐都是定时的，每一餐都是规律的。那个年代，没有那么多得偿所愿。能有一口饭吃，能有一个学上，已经是人间天堂。即便当时很多家庭的孩子和家长，都没有寄予太多太大太强的期待，能够初中读到毕业，能够初识几个字不是文盲，已经是几代人烧高香的收获感和成就感了。毕竟那个年代，能够上高中考大学的寥寥无几，就算从初中考上统招统分的中专生，也是小镇里人人传说的人中龙凤、天之骄子。

　　而父亲，就是这样的一个从初中考上统招统分的中专生，也是小镇里人人传说的人中龙凤、天之骄子。那一年，是1995年；那一年，父亲十五岁。那一年，他独自一人坐上从镇里去县城，从县城去市里的长途客运班线车。坐在车上的离别时刻，眼泪就像决堤了一样奔涌着，倾泻着，涤荡着。外面的校园就像是游子的新家，热心期待，终归抵不过思绪潮涌，离家情怯。可是，多少人都想去改变命运的统招统分的中专校园，再多离别，再多磨难，也要去勇敢面对，也要去独自承受。没有什么比"鲤鱼跃龙门"更迫切。从转城市户口和粮食户口开始，就似乎不再是农民中的一员，而是仕途上的一个冉冉升起的新星，有很多理想可以实现，有很多愿望可以期待，有很多前途可以畅想，有很多未来可以规划。虽然，一切都那么不真实，但开弓没有回头箭，只能硬着头皮迎着朝阳去奔赴了。

茶香春水流

趁着春归大地，专程来到隔岸相望的桑植县官地坪镇水流村，踏访这个溇江上的小山村和绿了一面山的千亩茶园基地。

素闻桑植县有"八山半水一分田，还有半分是庄园"的说法。好几次踏访，都是在县城近郊，除了沿途领略崇山峻岭的巍峨，却没有登高望远览过。

车辆从溇江口的长潭坪村出发，沿着蜿蜒曲折的村道一路攀爬，让我体验到从未经历过的速升速降般的震撼感。半山腰上眺望渐行渐远的长潭坪半岛，旖旎地泊在弯弯的在河道上，映入眼帘的是一种别样的风光。

再往前，就是水流村的茶园基地了。"水流村是去年脱贫出列的深度贫困村。"听同行的村里的专干罗选军介绍，近几年，驻村帮扶工作队和村支"两委"抢抓后盾单位帮扶契机，围绕白茶产业做文章，从当初的两百亩扩大到上千亩，一株株泛着绿意的茶株成了村民们脱贫致富的"摇钱树"。

罗选军是个典型的憨厚土家汉子，说的话也实诚。他口中的"摇钱树"，正是桑植县享誉省内外的"桑植白茶"。他领着我们直奔岭上的最大一片茶园。

一边走，一边看。连日来晴雨交加的天气，让茶株就像补了一次追肥，新枝新芽纷纷铆足了劲生长。这里的茶园，一坡坡一丘丘整齐有序，高低一致的茶冠像极了列队的士兵等候检阅。深吸一口气，茶园里独有的香气清新扑鼻，瞬间就让人清爽了许多。若不是路途遥远返程所需，这一处茶园任谁都想缱绻流连一回。

山下奔流不息的娄江带起升腾的雾气，把山前山后装点成缥缈的仙山秘境。松软的坡地，到了茶苗移栽的最佳期。这些天，村里的茶农又忙开了。免费下发的茶苗一捆捆运到地头，茶农们就要按照科学的移栽方式，排好株行定好位一株株地栽下去。随处都能见到茶农们忙活的身影。

一年之计在于春。在茶香四溢的水流村，茶农们用勤劳的双手，谱写着乡村振兴最美丽的风景线。

又唱一曲马桑树

　　初见贺晓英，是在桑植县洪家关白族乡光荣院。彼时，我们一群人围拢在贺晓英周围，听她讲述红军师长贺锦斋遗孀戴桂香的故事。她的追忆和叙述，娓娓道出了六十五年如一日的一段不可磨灭的爱情坚守。这份坚守，就如贺晓英自己的坚守，一段为了光荣院的老军人、老军属们的长达三十五年的陪伴。

　　"马桑树儿搭灯台，写封书信与郎带……"曾几何时，每当黎明破晓，洪家关光荣院总会唱响这首动听的老旋律。吟唱的老人戴桂香，送别红军师长贺锦斋后就再也没有等回来她心心念念的挚爱。多少年后，终身未改嫁的戴桂香才得知丈夫牺牲的消息。歌声寄托了老人无尽的哀思，若舍生取义的贺锦斋泉下有知，应能够读懂戴桂香浅吟低唱里的浓浓思念和此情不渝。

　　1986 年 3 月，贺晓英迈过洪家关光荣院的门槛。不论是起初担任服务员，还是之后担任院长，哪怕是退休了依然在老人们期盼的眼神里被返聘为院长，从青年到中年，再到老年，她再也没有离开过这个坚守了长达三十五年的工作地。沉浸在贺锦斋历历往事中的戴桂香，余生终于有了丈夫之外的一位最虔诚的知音。老人最后的那些年，最后的那些天，贺晓英用一个女儿的爱去陪伴，日复一日地静静地听老人唱起那首马桑树，为老人铺放最清洁的卧房床被，给老人烹调曼可口的一日三餐。久违了的笑容挂在老人脸上，直到老人安然故去。而老人的墓地就选址在光荣院外十多米处，每一年的清明和年关，贺晓英都是躬着身子眼噙泪花地上香拜祭人。

出生在洪家关白族乡云丰村的贺晓英，骨子里就带着对戴桂香等光荣院老人的深厚感情。她的爷爷贺学锐1932年参加工农红军，后来担任过连长，1935年5月在县城朱家台作战牺牲，幺爷爷贺学柱也是红军，在长征途中牺牲。她的父亲1953年入党，曾任县民政局局长。父亲多次对她说："你是革命后代，要有奉献精神。"二十四岁那年，在面临进入教育系统等几次工作机会中，她毅然选择了进入洪家关光荣院担任服务员。

"不论什么事，只要你用心用情去做，你就是一个高尚的人。"父亲的谆谆教导言犹在耳。贺晓英把光荣院的老军人、老军属们当成自己的至亲之人对待，日复一日地重复着相同的工作内容，成了戴桂香等老人们交口称赞的好女儿、好孙女。2012年年底退休后，老人们纷纷要求贺晓英再回到光荣院里，老人们早已经习惯了她的朝夕陪伴和无微不至的关爱。每一天都牵挂着老人们的贺晓英，选择续聘为院长，再一次选择回到光荣院做老人们的好女儿、好孙女。"只要讲一声完全退休，很多老人就会哭。"贺晓英动情地说，"所以但凡身体还能撑得住，我就选择坚守，不能离开这些可亲可敬可爱的老人们。"

贺晓英的生物钟是固定的。每天早上 6 点前起床，晚上 11 点多睡觉，工作基本上可算是全天候的院长这个职位对贺晓英而言，不过是服务员换了一个称谓。光荣院里的老军人、老军属们大多年事已高，生活自理能力差，甚至是不能自理。照顾他们的起居，就成了贺晓英每一天责无旁贷的不变使命。九十一岁的张逢典老人是一名立过战功的抗美援朝转业军人，因患上老年痴呆症常年神志不清，大小便失禁。每一天，贺晓英都要给他至少洗一次澡，让老人保持清洁舒适。"其实我也要像医生一样，照顾老人时不分男女，每天都不断重复着。"贺晓英说，"当你真正把老人们当成自己的亲人对待了，就不会有厌倦了。"

为了老人们能吃上新鲜蔬菜，能吃上放心肉，贺晓英在院里陆续平整了六亩开阔地，种上了四季时蔬，在院旁搭建了猪栏，每年喂养了十五头猪。"虽然在照看老人之余还要挤出时间来种菜和养猪很辛苦，可是看到老人们的生活质量得到有效改善，我打心底里欢喜。"贺晓英的话语很朴实。

三十五年光阴，染白了贺晓英的双鬓。青丝虽成雪，可是她依然如往常一样为老人们操持着。每一年的每一个月都有老人过生日，从刚入职工资五十五元起，她就开始自费给老人发放生日慰问金。起初每个老人生日发二十元，后来工资涨了就发五十元，近十年开始发一百元。我略算了一笔账，这些年贺晓英个人自费给老人发放生日慰问金已达八万多元。三十五年，这些钱在贫瘠的老区桑植，对一个光荣院的普通工作者来说，俨然不是小数目。心底无私的人才会这么做，才会坚持做这么多年。

2019年7月26日，贺晓英被表彰为全国退役军人工作模范个人，并有幸在首都北京和总书记握手合影。作为一名普通合同工，贺晓英先后照顾老红军、老八路等125位革命老人，为93位革命老人送终。即便如此，她还是没有想到，作为一名身处基层为老军人、老军属服务的普通工作者，自己竟然能受到党和国家最高领导人的接见。"这份荣誉是对我最大的认可，我觉得自己这一辈子所有的辛苦和付出都是值得的。"

"马桑树儿搭灯台……"当旭日初升的时候，贺晓英站在戴桂香的墓碑前，又唱一曲马桑树，仿佛戴桂香也在倾听。那曲戴桂香唱了六十五年的老旋律，还是那么的悦耳动听。贺晓英的坚守，亦如戴桂香吟唱过的这首不变的老旋律，还在深情地延续着。

倾城雪

那雪漫城头，飞飞洒洒，苍穹碧野皆白。每逢此时、此刻、此际，心境已容不下半分嘈杂的喧嚣。倾城雪，覆没了记忆里的纷纷扰扰，抹去了世俗间的瞻前顾后。没有什么意象、观感、沉寂，比雪白更纯净、更纯洁、更纯粹。只是这景象，虽梦里无数次梦见，醒来却一片虚无。或许忘了是一种不纠缠，抛诸脑后是一种修身养性。做不到现实中的断舍离，在梦里圆一回梦又何妨呢？

古树几人抱，岁月催人老。婆娑的阔叶密密地悬在虬枝上，风一把，雪一把，隆冬也不舍坠落。虬枝的绿意早不及春夏，和秋日却相差无几。绿中带着灰黄，间或偶有枯眼，在城下的雪地里夺目。雪已倾原，淹没了山顶、河道。城中倾城雪，抹白了屋宇、街巷。举目处，除了千年未轮回的古树还依然撑华盖透斑斓，余皆悄无声息。

雪还在舞个不停。古树下，忽见有位白衣女子伫立。

我的张望，遇见了她的张望。我注着目，凉了好一阵的心瞬间暖了起来。她一头干练的齐肩短发，迎风坠了些雪粒，一身雪白的衣裳，显得格外纯真。她凝着眸，不带一丝的杂质，让我生起了邻家女孩的久违感。我要踏雪来到她的跟前，询得她的居处。至于能否赢得她的芳心，还尚未可知。

一道男人的脚印交错着一道女人的脚印，在人迹罕至的冰天雪地里层次分明。我虔诚地顺着她的足迹，步入古树下。她愕然地看着我思忖着："这人是谁啊？"

她的脸颊在寒雪中绽出绯红，我知道这是数九寒天的冰凉所致。她不是一个不近人情的女子，寒暄的礼节给足了我。她的家在城侧河畔。天寒地冻，家里人让柴火冷着，都蜷缩在棉被里躲着，大门不出二门不迈。而她，却想要到雪地里去，去踏雪，去赏雪，去听雪。

雪似乎停了下来，似乎又停不下来。那道女人的足迹，亦步亦趋地辗辗转转，从她的家门口，一直延续到古树下。我的足迹，就伴随着她的足迹。踏雪留痕，莫不如是。我可以想见，这一程，她望着山岭，望着河道，望着城头，目之所及，除了雪还是雪，除了白还是白。她独自站在几人围抱的古树下，雪还在下。听雪敲打着枝叶上的声响，听雪坠落在足迹里的声响，仿佛还能遥遥地听见更远处城头的雪崩声。

我的来临，让寂静不再寂静。我，在兜兜转转中见到她的这一刻，感受到了前所未有的释然。心中事抛下了，眼中泪盘旋着，意中人就在身边。我鼓起从未有过的勇气，在这漫天飞舞一片荒芜的倾城雪的见证下，和她执手相看诉衷情。我看着她清澈的眼神，憧憬着相知、相守、相伴，憧憬着未来已来……

突然，一个寒噤让我又从梦中惊醒了，被子滚落在床下。欣慰的是，这次我却不同往常，虽然仍属梦境，可我记住了梦里的所有。倾城雪，那么美，就像古树下那个倾城的人。我好想饮一杯醉人的桃花酿，就这么一直醉下去。因为梦醒来，怕是一场空。

洋溢青春气息的女孩

上官智慧

和其父亲因为新闻采访方面的熟稔而识得的这个女孩。其父扎根桑植基层多年，对乡村人、乡村事、乡村韵多有笔触涉及，文章笔力、文思研力、文采张力，无不是行云流水，笔到文来。而其女儿邱琳芸也在熏陶之下，走进文字的丛林里，绿野芳踪，畅游文山，用一笔一墨书写着眼中所见、耳中所闻、心中所思。时间久了，就有了这部即将面世的散文集《印象桑植》。

初读文字，但觉字里行间洋溢着取之不尽、用之不竭的青春气息。这是年轻的朝气活力，这是磅礴的青春动力。语句和语句之间，段落和段落之间，文章和文章之间，涌动着无限的斑斓和灿璨，彰显着无边的风景和韵味。承前启后，首尾呼应，章节互动，用一双童稚的慧眼，将山河锦绣了无痕迹地衔接在散文集的厚重里，成了赏心悦目的青春读本。

曾几何时，我们的老一辈革命先祖，就是在老区桑植这片土地上，在青春年少、风华正茂的峥嵘岁月里，用理想、用追求刻画着不朽的功绩，书写着历史的篇章。当你步入贺龙纪念馆，走进红二方面军长征出发地纪念馆，去回顾大革命时代的辉煌往事，那些青春的旋律就会响彻耳畔，扣人心弦。如同邱琳芸的散文集，记录的那些为了桑植发展，为了桑植振兴，为了桑植繁荣而奔波的新时代的那群人。

青春需要记录，青春需要书写，青春更需要先锋。邱琳芸在小小的年纪有一个大大的文学梦。在求学的过程中，懵懂地观察周边事务，生涩地记录周边风景，在行则将至的哲理中寻觅无可估量的文学沃土。厚积而薄发，跬步而千里，《印象桑植》就是最好的见证。

没有谁生来就是成功，没有谁等待就有收获。唯有在青春的路上持续奋斗着，接续努力着，永续冲锋着，才能够在人生的每一个阶段不落下、不低迷、不颓废。青春的样子才有青春的力量，洋溢着青春气息的女孩才有青春永恒的记忆。这是我对邱琳芸书写的青春的文字最直观的感受。

再一次为邱琳芸点赞，为邱琳芸喝彩。这个洋溢着青春气息的女孩，未来的青春一定会更加闪耀、更加夺目、更加璀璨。加油，青春的邱琳芸。

（上官智慧，湖南日报记者、知名媒体人。曾三次荣获湖南省新闻奖表彰，多次获得国家级、省级、市级新闻大奖。）

青春文字扑面来

钟　懿

　　《印象桑植》的书稿摆在了我的案头。著者邱琳芸是文友邱德帅的千金，芳龄十四，桑植县作家协会十个签约小作家之一。

　　邱德帅是他们那代人中的佼佼者，为人为文都值得佩服。他希望我给这本散文集撰写一篇书评，不揣浅陋的我欣然应允。纵观书稿，总十二辑四十八篇，通读开篇的澧源序曲，随后的巾帼印记、振兴之路、实干兴邦、白族人家、青葱吟唱等篇什，内容十分丰富，精短流畅好读。从而发现作者年龄虽小，但笔墨有力、视野阔大、文思飞扬。她将写作的笔触投向了家乡的山山水水，讴歌了桑植的各行各业。《印象桑植》让一个少女的家国情怀跃然纸上，一个"文二代"的才华展露无遗。可谓是青春文字扑面来。

　　琳芸的文字直击生活，朴实无华，以亲历、亲闻、亲见酿成自己的文字，无风樯马阵之状，无汪洋恣肆之态。但很奇怪的是，她总有一种力量牵你前行，引人入胜。她在不缓不急的叙述中，用说话的方式，将思想、情绪、行为一股脑地呈现于读者面前，不装不作、不隐不屈、直面人生。无拘无束地将自己想表达的情无所顾忌地尽现读者面前。

琳芸的散文表现了她独有的特质。去伪存真，无文人忸怩作态之式，这种纯真的品质可谓空谷之声、天籁之音。纵观当下散文，隔空喊话、隔靴搔痒、矫揉造作，虚情假意的作品不在少数，由此观之，像玻璃一样通透透明的《印象桑植》就显得十分可贵。《澧源听涛潮头立》写澧源镇党委、政府以人为本、主动作为，为县域发展呕心沥血的动人篇章；《一曲民歌唱新景》写谷彩花传承国家级非物质文化遗产桑植民歌的过去和现在；《赵家坪的茶油》以写油为名，实则写当地党委政府大力倡导生态保护的积极态度，这些作品把新闻素材当散文写，或者说用散文的笔调写新闻，题材的运用、体裁的拿捏十分到位。譬如《又唱一曲马桑树》歌颂了全国劳动模范贺晓英敬老爱老终老的动人故事，还有《绿水青山带笑颜》《苍山洱海芙蓉桥》《刘家坪的红军树》等莫不如此，都值得一看。

从这些散文中，我们可以看到一个真实的琳芸，她的善良、她的喜怒哀乐、她的生活轨迹、她对生活的热爱以及对写作的执着，也许会让我们的内心有所触动、有所收获。

琳芸的散文是小桥流水式的，也许并没有达到很高境界，但每篇都是她真情实感的流露，是她内心流出来的蜜。可以肯定，她只要继续努力，会达到一个很高的高度的。

在各种文体中，散文是更自由、更随性、更活泼的文体，决不能崇一而尊，更应百花齐放，可容忍度更宽泛。从先秦诸子到明清小品，从文以载道到抒写性灵，从两汉史论到桐城考据，尤其是近现代散文，当白话文一统天下后，更是大家迭出、群星灿烂。反观桑植作家阵地，散文写手蔚然蓬勃。邱琳芸以尖尖小荷之姿鹤立桑植小作家之列，经年之后，成就可期。

总而言之，琳芸的散文给我的印象是清新自然、丰富细腻、富含哲理，平凡中见质朴，调皮中有可爱。既有感性的描述，又有理性的思考；既有散文的真情实感，又有小说的幽默风趣，它们完美地结合在一起，令人回味无穷。

当下这个智能时代，由于信息的发达，人们的选择更多，碎片化阅读已成为常态，所以纯文学要想有所收获，就得付出比常人更多的心血和汗水。况且，琳芸还有背不完的历史知识，做不完的代数题目，记不牢的英语单词；还有策马奔腾的青春恋歌，长辈们的絮絮叨叨，还有叛逆和顺从；还有伙伴的生日蜡烛，以及多彩的指甲油和各类迷人的游戏。这些或者影响她的创作，或者激发她的创作灵感。

琳芸的作品曾两次入选《张家界市优秀作品年选》，多次在全县中小学生作文比赛中斩获大奖。掩卷深思，小作者太了不起了。她小小年纪继承并发扬了其父亲的衣钵，奋力奔跑在文学大道上。

按说书评不能尽说好话，但我保留意见，毕竟邱琳芸文笔不错，未来可期。

（钟懿，湖南省作家协会会员、毛泽东文学院中青年作家研讨班第 11 期学员。作品散见《文学风》《湖南日报》《神州时代艺术》《人民公安报》《湖南作家》等报刊，已出版作品集《母爱无疆》《剑胆琴心》《警察的赞美诗》三部。）

璀璨的光芒

庹心怡

　　读完邱琳芸散文集《印象桑植》的华美篇章，我的心情久久难以平复。恰如其名，这部散文新著以当时人讲当时事的方式，再现了新时代号角下老区桑植的蝶变，如一束璀璨的光芒，轻柔地讲述着当代桑植的奋进故事。

　　梅家山下，澧水河畔，这片生我养我的土地在我尚未细细观察、慢慢回味之时，已换上了新装。生生不息的澧水源头、绵延不绝的碧绿群山、传唱悠久的红色故事，桑植儿女一任传承一任、一代接续一代，正在演奏着新时代奋进者的澧水韵，唱响着乡村振兴的交响乐：平菇满棚的洋公潭村、禾田连片的东旺坪村、一房难求的浸峪村、罗汉果飘香的大庄坪村、莓茶满山的笔架山村……被见证着的桑植变化让人不禁心潮澎湃，由衷地感恩与铭记。

　　书中自然色彩丰满，场景惟妙惟肖，常常让人流连其中无法自拔。一帧帧如画山水，一幅幅丰收美景，让文章处处充满立体感、现实感。"一藤藤盛绿叶，一缕缕淡紫花，一串串八月花……"徜徉在八月瓜飘香的季节，享受着原生态的一隅之地，纵目远眺，我仿佛看见了阳光底下辛勤劳作的新农人，虽已是汗流浃背却又止不住地舒张笑脸。对新农人来说，最不安的便是无法劳作、没有付出，一辈子扎根在田间地头、奔走在村中小径才是他们心中怡然自得的所盼。

书中文字辞趣翩翩，描写细腻且活灵活现，常常给人无限的思考空间。"乐观的成年人总能妥妥地稳定情绪，一边徘徊在似苦又甜之间，一边自勉着说……"这一句话简简单单，我却翻来覆去地看了好几遍，总能被其中的暖心话鼓励着。我不禁想，哪有人从一开始就能从容不迫地解决问题，平心静气的外表下或都蕴藏着波澜起伏，是随波逐流还是迎难而上呢？面上的悠然自得、内心的摇旗呐喊、坚定的苦干苦练，这才算是成年人的常态吧。

在这部散文集的十二辑里，我看到了万紫千红、分外妖娆的无边风光，看到了桑植儿女前赴后继、坚韧不拔的精神面貌，看到了这个甘苦与共又激情澎湃的时代新韵。青春无悔、不负韶华。作为身处海晏河清、风光旖旎的一代青年，书中的奔跑者、跋涉者如一个个标杆，指引着前进的方向；浸润着书香的一句句良言如一剂剂良药，温柔地滋养着忐忑的内心。

山河为证，青春为名。享一份宁静，得一份淡定；有一分热情，发一分光芒。我们新时代青年终将在祖国最需要的地方绽放青春之花，在成长的历练与岁月的积淀中书写更加绚丽多彩的篇章。

这注定是一束经久不息的璀璨光芒。

后 记

记录青春的样子

邱德帅

　　从田园乡村到霓虹城市，穿梭的岁月里，看着长女邱琳芸从牙牙学语蝶变得亭亭玉立。青春的足迹遍布童趣的田野，刻印着童年的回忆。在校园的轮替里走过，成长为小学生、初中生，即将迈入高中的门槛。

　　这些青春的足迹，之所以频繁地更换不同的场景，皆缘于我的工作变动。彼时返乡入编，进入镇财政所成为总会计。四年后的公选，调动到临近乡镇成为党政班子成员。一年后的三年，再次回到履职首站地，担纲镇里的副职和正科级干部，直至调入县城上班。我的工作岗位影响了女儿的学校选择。青春，在不同的场景切换里变得多姿多彩，经历成为阅历。

　　邱琳芸是很有文学天赋的。即便和童年玩伴一道读课文、写短章，总有些出其不意令人惊讶的语句，如同先天禀赋一般，让我听出了不一样的高度。童言无忌，却能够文绉绉地道出许多有哲理的言语，这在我看来就是天赋了。于是，我在闲暇时，定然要抽出些时光陪伴，在找寻童趣的点点滴滴里，引导着文学的方向。写着写着，就成了一篇篇文章。

文章是人生的底色，是青春该有的风华。渐渐地，邱琳芸的随笔记录成了印刷在报纸杂志上的铅印文章，成了张家界市作家协会的文学年选上的目录和篇章。孩子的乐趣是至关重要的，成就感就是乐趣的助推剂。

文章是青春的告白，随笔是青春的记录。邱琳芸的文章透漏的是一颗阳光向上的执着的心，是一颗青春夺目的思考的心。用心去记录青春的样子，青春就不会虚度。

欣喜女儿的首部散文集《印象桑植》即将揭开神秘的面纱。这不仅仅是我的期待，更是女儿的期待。邱琳芸的人生履历自此多了一份厚重，一份文学的厚重。更有桑植县作家协会签约小作家的高阶扶持，让这份青春的记录有了值得铭记的样子。

众多寄语，无不是关怀，无不是呵护。记录青春的样子，有青春来做伴。青春的邱琳芸，加油！